정원 가꾸는 사람의
열두 달

Zahradníkův rok

카렐 차페크
김선형 옮김

정원 가꾸는 사람의
열두 달

Zahradníkův rok

프라하 자택에 꾸민 정원에 다센카와 함께 있는 카렐 차페크(1933)

삽을 든 카렐 차페크를 그린 체코 우표

차례

아담한 정원을 조성하는 법

아담한 정원을 조성하려면 여러 방법이 있습니다만, 뭐니 뭐니 해도 역시 정원사를 구하는 게 제일입니다. 정원사가 오면, 막대기며 나뭇가지며 빗자루 같은 것들을 잔뜩 푹푹 꽂아 놓고는, 이런 것들이 단풍나무고 산사나무고 라일락이고 장미목이고 덤불 장미고 기타 등등 모종이라고 주장할 겁니다. 흙을 파고 갈아서 토닥토닥 두드려 놓고는 자갈을 깔아 작은 길을 내고 칙칙하게 색 바랜 이파리를 군데군데 꽂고는 여러해살이라고 할 테죠. 그리고 장래 잔디밭이 될 자리에 씨를 뿌리겠지요. 그러면서 잔디는 잉글리시라이그래스니 벤트그래스니 폭스테일이니 도그스테일이니 캐츠테일이니 뭐 어쩌고 저쩌고 품종[1]이라고 설명하고는 뒤도 안 돌아보고 휙 가 버릴 겁니다. 정원사가 떠나고 뒤에 남은 정원을 보면 천지창조 첫 날처럼 휑뎅그렁한 흙색일 거예요. 정원사는 이 넓은 토양에 날마다 꼼꼼하게 물을 주어야 하고 싹이 돋으면 통로에 깔 자

---

[1]   Dog's tail grass는 튼튼한 영국 잔디 품종이고 Cat's tail은 부들이다.

갈을 주문해야 한다고 여러분에게 단단히 일러 주고 갔겠지요. 그래요, 뭐, 여기까지는 좋습니다.

아담한 정원에 물 주는 일은 무척 간단할 거라고 쉽게들 착각하곤 합니다. 호스까지 갖췄는데 뭐가 그리 어렵겠습니까. 하지만 금세 똑똑히 깨닫게 됩니다. 이 호스란 놈은 길이 들 때까지 참 지독하게도 말을 안 듣는 위험한 짐승임을요. 온몸을 뒤틀고 펄쩍 뛰고 꿈틀거리고 여기저기 흥건하게 물바다를 만들고는 아주 신이 나서 제가 저질러 놓은 난장판에 풍덩 뛰어들고, 급기야는 주인한테 팩 달려들어 다리를 휘감고 똬리를 튼다니까요. 발로 꾹 눌러 밟아 제압하는 수밖에 없는데, 그러면 호스는 팩 머리를 곧추세우고 여러분의 허리와 목을 휘감고 꼬일 겁니다. 코브라와 싸우듯 붙잡고 씨름하다 보면 이 괴물이 황동 아가리를 갑자기 돌려서 어마어마한 물살을 하필 활짝 열어 둔 창문 안으로 발사할 겁니다. 엊그제 새로 걸어 둔 커튼이 엉망이 되어 버리겠지요! 어쨌든 아랑곳없이 단단하게 붙드셔야 합니다. 그러면 짐승은 고통으로 뒤채며 물을 뿜기 시작할 겁니다. 그런데 아가리가 아니라 아예 수전에서 물보라가 샘솟습니다. 아니면 몸뚱어리 어딘가에서 물살을 뿜든가요. 사태를 진압하려면 넉넉잡아 장정 셋이 매달려야 합니다. 하지만 전장을 떠날 때는 아무리 의젓한 장정들이라도 귀까지 진흙이 튀고 물에 흠뻑 젖은 몰골을 면할 수 없어요. 더구나 이 소동을 치르고 난 정원의 상태가 아주 가관입니다. 여기저기 흥건한 물웅덩이가 생겼는가 하면 메말라 쩍쩍 갈라 터진 땅도 보이거든요.

날마다 이 난리를 이 주만 반복하면 잔디가 아니라 잡초가 돋아납니다. 자연의 참신비가 아닐 수 없습니다. 최고 품종의 잔디 씨앗을 뿌린 자리에서 어떻게 잡초가 이렇게 무성하고 빽빽하게 자라나는지. 아무래도 어엿한 잔디밭을 꾸미려면 잡초 씨앗을 심어야 하나 봅니다. 여하튼 삼 주쯤 지나면 잔디밭에는 엉겅퀴를 비롯해 온갖 잡초들이 웃자라 있을 겁니다. 넝쿨을 길게 뻗고 뿌리는 30센티미터도 넘는 깊이까지 흙 속에 단단히 틀어박았겠지요. 잡아 뽑으려 하면 뿌리가 뚝 끊어지고, 그게 아니면 흙덩어리까지 뭉텅이로 뽑힙니다. 암요, 늘 이런 식이지요. 골치 아픈 놈일수록 생명력이 끈질기단 말입니다. 그러는 사이 무슨 신비로운 물질의 변화를 거쳤는지, 산책길에 깔아 둔 자갈들은 또 상상도 하고 싶지 않은, 최악으로 끈적끈적하고 기름진 진흙 범벅으로 변해 있을 겁니다.

어찌 되었든 잔디밭의 잡초는 반드시 뿌리 뽑아야 합니다. 뽑고, 뽑고, 또 뽑으면 여러분 발사국이 지나간 장래의 잔디밭에는 천지창조 첫날의 세상처럼 헐벗은 갈색 흙바닥만 남게 되지요. 간신히 한두 군데 희미하게 초록색이 도는 곰팡이 비슷한 게 올라오는데, 안개처럼 얇고 빈약한 게 흡사 솜털 같을 거예요. 그렇다면 그게 확실히 잔디입니다. 절대로 밟지 말고 까치발로 살금살금 잘 피해서 에둘러 다니며 제비를 쫓아야 합니다. 이렇게 여러분이 빤히 흙만 노려보는 사이 구스베리와 블랙커런트 덤불에서 어느새 첫 순이 조그맣게 돋아날 겁니다. 정원을 가꾸다 보면 봄은 항상 의표를 찌르고 성큼 찾아오거든요.

이맘때면 여러분이 세상과 맺는 관계가 딴판으로 달라져

있습니다. 이제 비가 오면 정원에 비가 내리는 게 됩니다. 해가 나면 그냥 아무렇게나 햇살이 빛나는 게 아니라 정원을 비춘다고 말하게 되고요. 저녁이 되면 이제 정원이 휴식을 취할 수 있다고 기뻐합니다.

그러던 어느 날 아침에 눈을 떠 보면 정원이 온통 녹색으로 물들었을 겁니다. 가녀린 풀잎에 이슬이 맺혀 반짝이고 헝클어진 장미목 끄트머리가 부풀어 진홍빛 꽃봉오리가 빼꼼 얼굴을 내밀 테지요. 이제쯤 나무들은 꽤 나이가 들어 우듬지 색도 짙어지고 묵직한 왕관을 넓게 펼쳤을 테고, 촉촉한 나무 그늘에서 퀴퀴한 향내도 풍길 겁니다. 앙상하고 헐벗은 흙빛 정원 터와 처음 돋은 잔디의 불안한 솜털, 야윈 첫 봉오리, 꾸미다 만 정원의 빈약하고 애잔한 흙투성이 아름다움은 이제 여러분의 기억에서도 희미하게 빛바래 사라졌을 겁니다.

아주 잘됐군요. 단지 이제 물을 주고 잡초를 뽑고 흙에서 돌을 골라낼 시간이 왔습니다.

정원 애호가가 되는 법

이상한 일이지만 정원을 돌보는 사람은 씨앗이나 새순이나 구근이나 뿌리줄기나 꺾꽂이용 가지에서 돋아나는 게 아니라 경험과 환경과 자연적 조건을 거치며 성장한답니다. 어린 시절에는 나도 반항심과 고약한 양심을 품고 아버지의 정원을 마구 다루곤 했거든요. 꽃밭을 밟고 다니며 덜 익은 과일을 따면 안 된다고 야단을 많이 맞았기 때문이죠. 아담도 나처럼 에덴의 정원에 자라는 선악과를 따지 못하게 되어 있었어요. 아직 열매가 덜 익었다는 이유였지요. 그러나 아담은 아랑곳없이 열매를 따 먹고 에덴동산에서 쫓겨났습니다. 그래서 지금까지도 앞의 결실은 늘 덜 익어 있다고 얘기하는 거랍니다.

한창 절정의 젊음을 누리는 청년들은 꽃이 단춧구멍에 끼우는 장식 아니면 여자에게 주는 선물이라고만 생각하지요. 사실 꽃은 겨울잠도 자고, 또 둘레를 파서 퇴비도 주고, 물도 주고, 분갈이도 하고, 포기 나누기도 하고, 가지도 쳐 주고, 대를 묶어 주고, 잡초를 뽑아 주고, 씨앗과 죽은 잎사귀를 청소

해 주고, 심지어 진딧물과 곰팡이도 퇴치해 줘야 하는 거라고 아무리 말해도 젊은이들은 이해를 잘 못 합니다. 그래서 정원 흙을 파는 대신 여자를 쫓아다니고 야심을 채우고 제 손으로 키우지도 않은 삶의 과실을 따 먹으며 전반적으로 파괴적인 행각을 일삼지요.

아마추어 정원사가 되려면 어느 정도는 성숙해야 합니다. 부모의 자식 사랑을 조금쯤은 깨달아야 한다고 할까요. 물론 자기 소유의 정원도 있어야 하고요. 정원이 있더라도 보통은 전문가한테 맡겨 놓고는 하루의 일을 끝내고 가 보면 꽃구경을 하며 지저귀는 새소리를 듣고 싶다고만 생각하고 말겠지만요. 그래도 언젠가는 손수 작은 꽃 한 송이를 심고 싶은 마음이 생길 겁니다. 전 바위솔을 심었어요. 이 작업을 할 때는 미량의 흙이 손톱 밑에 들어가 열병을 옮길 수 있습니다. 무심코 휘두른 손에 뜻밖의 새가 잡히듯, 횡재한 기분이 들 거예요! 아니면 이웃집에서 정원 가꾸기 병을 옮아올 수도 있지요. 이를테면 어느 날 옆집 정원에 핀 석죽을 보고 무심결에 이런 말을 뱉는 겁니다. "이럴 수가! 아니, 나라고 못 키울 이유가 어디 있나? 얼마든지 잘할 수 있다고." 이런 소소한 시작들이 이어지다 보면 정원 가꾸는 사람은 저도 모르게 새로이 깨어난 열정에 굴복하게 됩니다. 이 열정은 반복되는 성공의 자양분을 먹고 자라나 새로운 실패 하나하나에 자극을 받습니다. 급기야 수집가의 열정이 내면에서 분출하면 알파벳 순서대로 아카에나부터 자우슈네리아에 이르는 품종을 하나도 빠짐없이 다 길러 보겠노라는 의욕에 불타게 되지요. 전문적으로 파 보고 싶다는 정신 나간 욕망이 싹트면, 멀쩡하던 인간이 장미라든가 달리아라든가 또 다른 화초에 넋을 잃고는 광적인 애호가가 되고 맙니다. 한편 예술혼의 희생자가 되는 사람들도 있지요. 잠시도 쉬지 않고 꽃밭을 갈아엎고 재배열하고 색 조합을 궁리하고 관목을 옮겨 심고 똑바로 서 있거나 자라는 것이라면 가만히 놓아두질 못하는데, 이게 다 예술적 불만족 때문입니다. 정원 가꾸기가 목가적이고 명상적인 일이리라고 생각한다면 착각입니다. 인간이 마음을 쏟는 모든 일이 그러하듯, 정원 일 또한 부단히 채워지지 않는 격정의 발로니까요.

자, 이제 참된 정원 애호가를 알아보는 법을 말씀드리지요. 그런 사람은 "우리 집에 꼭 놀러 오세요. 정원을 보여 드리지요."라고 말할 겁니다. 여러분이 기분을 맞춰 줘야겠다는 마음으로 그 집을 찾아가면 여러해살이 가운데 툭 솟구친 엉덩이를 만나게 됩니다. "잠시만요, 금세 갈게요." 그 사람은 어깨 너머로 돌아보며 소리쳐 말할 겁니다. "조금만 기다려 주세요, 이 장미 하나만 심고 가겠습니다." "걱정하지 마세요, 저는 괜찮습니다." 여러분은 친절하게 대답하겠지요. 하지만 곧 장미 한 그루를 다 심고도 남을 시간이 흘러갑니다. 그는 그때에야 일어나서 여러분 손에 마구 흙을 묻히며 반가운 웃음으로 맞아 주겠지요. "이리 오셔서 좀 보세요. 비록 작은 정원입니다만…… 엇, 잠깐만요." 그러더니 그이는 또 허리를 굽히고 아주 작은 풀밭에서 잡초를 솎아 냅니다. "어서 이리 와보세요. 패랭이과의 디안투스무살라에를 보여 드릴게요. 눈이 번쩍 뜨이게 아름답답니다. 아니 이런, 여기 뭉친 흙을 풀어 줘야 하는데!" 이번에는 흙을 쿡쿡 쑤시기 시작합니다. 그리고 또 십오 분은 족히 지난 후에야 허리를 펴고 일어납니다. "아, 저기 초롱꽃을 보여 드리고 싶었는데. 캄파눌라월소나에 말입니다. 초롱꽃과에서는 최고인데…… 엇, 잠깐만요. 이 델피니움을 묶어 줘야겠어요." 줄기를 묶어 주고 나면 그 사람은 새삼스레 기억을 되살릴 겁니다. "아, 맞아요, 선생님께서는 거 쥐손이풀을 보러 오셨지요. 진짜로 잠시만요." 하지만 곧 혼자 중얼거립니다. "아무래도 이 과꽃을 옮겨 심어야 할 것 같아. 여기는 너석이 자랄 자리가 넉넉지 않네." 그러면 여러분은 여러해살이 사이로 봉긋 솟아오른 엉덩이에 대고 작별 인사를 한 후 까치발로 살금살금 돌아 나와야 합니다.

다음에 여러분을 다시 만나면 그 사람은 또 말할 겁니다. "우리 집에 꼭 놀러 오세요. 장미목 하나가 꽃을 활짝 피웠는데요, 페르네티아나라고, 보신 적 없으실걸요. 오실 거죠? 꼭요!"라고 말이지요.

자, 그럼 이 사람이 한 해를 어떻게 보내는지 살피러 가 볼까요.

정원 가꾸는 사람의 1월

"심지어 1월이라도 정원에서는 빈둥거릴 겨를이 없다."
정원 가꾸기 책들에 따르면 그렇다고 합니다. 맞는 말입니다,
게으름 피울 시간이 없습니다. 정원을 돌보는 사람이라면 1월
에 날씨를 경작해야 하거든요.

날씨는 괴팍한 구석이 있어요. 대체 나무랄 데 없이 좋
을 때가 없단 말입니다. 언제나 이래저래 살짝살짝 표적을 빗
겨 나가죠. 백 년 평균 기온에 다다르는 법이 없어요. 늘 오 도
낮거나 오 도 높지요. 강우량은 평균보다 10밀리미터 높거나
20밀리미터 낮고요. 지나치게 건조하지 않으면, 어김없이 지
나치게 습합니다.

날씨와 별 상관도 없는 사람들마저 별의별 이유를 붙여
불만을 토로하는데, 하물며 우리처럼 정원을 사랑하는 사람
은 어떻겠어요? 눈이 오다 말면 누구 코에 붙이겠느냐고 하
고, 함박눈이 펑펑 내리면 침엽수나 호랑가시나무가 얼어 죽

15

겠다고 하지요. 눈이 안 오면 치명적인 까막서리[2] 걱정에 골머리를 앓고, 날씨가 풀리면 이번에는 봄날의 광풍이 정원을 덮어 둔 삭정이를 엉망으로 헤집고, 나무까지 부러뜨린다고 욕을 합니다. 1월인데 주제넘게 해가 나기라도 하면 정원 가꾸는 우리는 관목에 너무 일찍 싹이 틀까 봐 조바심을 친답니다. 비가 내리면 여린 고산 화초들이 자칫 다칠까 전전긍긍하고, 가물면 철쭉과 안드로메다꽃을 생각만 해도 마음이 아파요. 간단한 조건만 좀 맞춰지면 정원 애호가는 퍽 쉽게 만족하는 사람인데 말이지요. 1월 첫날부터 기온은 영하 0.9도를 유지하고 적설량은 127밀리미터(눈발은 가벼워야 하고 가능하면 갓 내린 눈이 좋습니다.) 구름이 좀 많고 바람은 없거나 부드러운 서풍 정도 불어 주면 무슨 걱정이겠습니까. 그러나 우리 정원 가꾸는 사람들에겐 아무도 신경 써 주지 않고 무엇이 어쪄해야 하는지 사정을 물어보지도 않아요. 그러니 이 세상이 이 모양이 꼴인 겁니다.

정원 가꾸는 사람은 까막서리가 내릴 무렵 성격이 최악으로 나빠집니다. 땅이 딱딱 굳고 물기 하나 없이 바싹 말라 버리는 시기거든요. 하루하루 낮과 밤이 지나갈 때마다, 메마른 추위가 점점 깊숙이 토양을 파고듭니다. 정원 가꾸는 사람은 굳고 생기 없는 흙 속 뿌리 걱정에 여념이 없습니다. 냉혹하고 건조한 바람에 뼛속까지 시려할 나뭇가지, 가을에 식물이 전

2   검정 서리. 이슬점을 거치지 않고 빙점 이하로 내려간 경우에 식물의 잎 표면에 검게 발생하는 서리로 얼음 결정이 나타나지 않는다. 매우 건조하고 추운 날씨에 생기기 쉽다.

재산을 소중히 넣어 꾸려 둔 구근이 얼어 버리면 어쩌지요. 손톱만큼이라도 보탬이 된다면 지금 걸친 외투를 벗어 호랑가시나무를 감싸 주고 바지를 벗어 노간주나무를 덮어 줄 겁니다. "그래, 그래, 너를 위해서라면 내 셔츠라도 벗어 주고말고, 폰티카철쭉아. 붉은 바위취야, 네겐 모자를 씌워 줄게. 금계국아, 이제 줄 거라곤 양말밖에 없구나. 그나마 이거라도 남은 걸 다행으로 생각하렴."

그래도 날씨를 속여서 바꾸는 술수는 꽤 여러 가지가 있습니다. 예를 들어서 집에서 제일 따뜻한 옷을 골라 입고 나가면 대체로 기온이 올라가지요. 친구들과 산악 스키를 타러 가자고 약속을 잡으면 웬만하면 얼음과 눈이 녹습니다. 서리라든가 발갛게 언 볼이라든가 빙판에서 스케이트를 즐기는 사람들 기사를 써넣으면, 신문이 인쇄될 즈음 날이 풀리기 시작해서 사람들이 읽을 시간에 딱 맞춰 보슬보슬 봄비가 내리고 온도계가 영상 8도를 가리키게 됩니다. 당연히 독자는 신문에는 거짓부렁만 나온다며 이딴 것을 왜 읽겠느냐고 불평을 하겠지요! 하지만 욕설, 불평, 신경질, 코 훌쩍임 등등 다른 마법의 주문은 아무리 읊어 봐야 날씨에 아무런 영향을 끼치지 못한답니다.

1월을 대표하는 식물은 이른바 창에 피는 성에꽃입니다. 이 꽃이 탐스럽게 피려면 실내가 습기로 자욱해야 합니다. 공기가 바싹 말라 버리면 꽃은 고사하고 비실비실한 바늘잎 하나 자라나지 않아요. 게다가 창문을 꽉 닫아 두면 안 됩니다. 창틈으로 외풍이 들어와야만 얼음꽃이 잘 핀단 말입니다. 성에꽃은 부자보다는 가난한 사람들의 집에서 탐스럽게 핍니다. 부잣집 창문은 빈틈없이 꽉꽉 닫히니까요.

식물학적으로 성에꽃은 꽃이 아니라 잎이라는 특성을 갖습니다. 잎은 엔다이브, 파슬리, 셀러리 잎과도 닮았고 지느러미엉겅퀴족, 엉거시과, 산토끼꽃과, 쥐꼬리망초과, 미나리과의 여러 식물과도 비슷하게 생겼어요. 오노포르돈이나 코튼시슬, 사를마뉴시슬, 키르시움, 노타바시스, 시홀리, 글로브시슬, 울리헤드시슬, 산토끼꽃, 사프란시슬, 베어스브리치처럼 가시와 잔털이 나고 테두리가 톱니처럼 깔쭉깔쭉하고 뾰족한 잎을 닮기도 했고, 가끔 보면 고사리나 야자잎 같기도 하고 노간주나무 바늘 모양일 때도 있습니다. 그러나 꽃은 피우지 않는답니다.

그러니까 정원 가꾸기 책에 나오는 말대로 심지어 "1월이라도 정원에서는(마음이 좀 편하다는 것 말고는 별 의미가 없다 해도) 빈둥거릴 겨를이 없"는 겁니다. 첫째, 누가 뭐래도 서리 탓에 흙이 부스러질 수도 있으니 흙을 일구는 것도 가능하겠지요. 맞아요! 새해 벽두부터 부리나케 정원으로 나가 흙을 일굽니다. 제일 먼저 삽을 써서 공략하지요. 긴 시간 이어진 사투 끝에 강옥처럼 단단한 땅을 파다 보면 삽을 부러뜨리는 쾌거를 이루게 됩니다. 그러면 이제 괭이를 드는 겁니다. 이번에도 열심히 노력하다 보면 손잡이쯤은 부러뜨릴 수 있어요! 급기야 곡괭이를 가지고 오면 최소한 가을에 심은 튤립 구근을 터뜨리는 것쯤 일도 아니지요. 이제 땅을 갈려면 쓸 만한 도구가 망치와 끌뿐인데 역시 속도가 나지 않아서 금세 지쳐 나가 떨어지겠지요. 흙을 부드럽게 일구려면 아무래도 다이너마이트를 터뜨려야 할 모양인데, 이건 보통 정원 가꾸는 사람의 수중에 없는 물건이라서요. 자, 뭐 그렇다면 날이 풀릴 때까지 그냥 이대로 둡시다.

보세요, 벌써 날이 풀리는군요. 그럼 정원 가꾸는 사람은 냉큼 흙을 일구러 정원으로 달려 나갑니다. 그리고 한참 후에 진흙이 잔뜩 들러붙은 장화를 질질 끌고 집으로 돌아옵니다. 어쨌든 지극히 행복해 보이는 얼굴로 벌써 땅이 많이 녹았다고 선포하는군요. 그렇다면 이제 다가오는 봄에 대비해서 해야할 일 몇 가지만 하면 됩니다. 지침서에 따르면 "지하 창고에 마른자리가 있으면, 부엽토, 두엄, 잘 썩힌 쇠똥, 약간의 모래를 조심스럽게 섞어서 분갈이용 흙을 미리 준비해 두도록 한다."라는군요. 훌륭한 생각입니다! 하지만 저런, 우리 집 지하창고는 석탄과 코크스가 차지하고 있습니다. 쓸데없는 집안살림이 공간을 다 잡아먹어요. 혹시 침실에 알뜰하게 퇴비를 쌓아 둘 공간이 없으려나……

"겨울철을 퍼걸러[3]와 아치와 정자를 수리할 기회로 삼으라."라 써 있겠다. 지당한 말씀이에요. 단지 내게는 퍼걸러나아치나 정자가 없을 뿐이지요. "1월에도 잔디밭 조성이 가능하다." 그렇겠지요. 다만 그럴 땅이 있다면 얼마나 좋을까요. 어디 복도나 다락방에라도 잔디를 깔아 볼까요. "무엇보다 중요한 건 온실의 온도를 잘 살피는 것이다." 지당하신 말씀입

---

3 뜰이나 지붕 위에 나무를 얹어 놓고 덩굴을 올려 만든 서양식 정자로 차양 역할을 한다.

니다. 나도 그러고 싶은 마음이 굴뚝같아요. 하지만 온실이 없단 말입니다. 이 정원 가꾸기 지침서들은 뭐 하나 제대로 해 주는 조언이 없군요.

이제는 그저 기다리고 또 기다려야 합니다! 아, 주님, 이번 1월은 몹시 길어요! 어서 2월이 오면 얼마나 좋을……

"2월에는 뭐라도 정원 일다운 걸 할 수 있을까요?"
"물론이지요. 3월에도 할 수 있어요."

정원 가꾸는 사람은 머릿속으로만 만리장성을 쌓고 실제로는 한 일이 하나도 없지만, 어느새 크로커스와 설강화가 흙을 뚫고 봉긋 솟아나 있을 겁니다.

씨앗

숯을 섞어야 한다는 사람도 있고, 그건 말도 안 되는 짓이라고 말리는 사람도 있습니다. 철분을 함유한 노란 모래를 살짝 뿌려 주는 게 좋다고도 하고, 바로 그 철분은 절대로 안 된다고도 합니다. 깨끗한 강모래를 추천하는 사람이 있는가 하면 누구는 오로지 토탄만 써야 한다고 하고, 톱밥이 최고라는 이도 있단 말이지요. 한마디로 파종할 흙을 준비하는 일은 거대한 미스터리고 마법 의식이라는 말씀입니다. 대리석 가루도 첨가해야 하고요.(하지만 그걸 어디서 구한답니까?) 삼 년짜리 쇠똥(여기서는 세 살짜리 소의 똥인지 삼 년 묵힌 쇠똥인지가 분명치 않습니다.), 두더지가 방금 땅을 파서 쌓아 놓은 흙더미에서 가져온 흙 한 줌, 낡은 돼지가죽 장화로 먼지가 되도록 세게 두드린 진흙, 엘베 강의 모래(블타바 강의 모래는 안 된다네요.), 삼년 된 온상의 흙을 더해야 하고, 모르긴 몰라도 황금고사리 부엽토와 교수형을 당한 처녀의 무덤에서도 흙을 한 줌 가져와 넣어야 할 겁니다. 이 모든 걸 잘 혼합해야 하고(정원 가꾸기 책들은 이 의식을 행할 때 초승달이 떠야 하는지 보름달이 떠야 하는지 한여름 밤이라야 하는지 알려 주지 않네요.) 다 섞고 나서 이 신비의 흙을 화분에 넣습니다. (양지바른 데 삼 년 내어 놓고 볕을 쬔 화분을 물에 흠뻑 적신 후, 분 바닥에 깨진 도자기 조각들을 물에 끓여서 깔고, 전문가들이야 뭐라고 하든 숯도 한 조각 넣습니다.) 상충하는 수백 가지 제언과 처방을 귀담아듣고 이 모든 의례를 거행하고 나면 이제 씨앗 파종이라는 진짜 일거리를 시작해도 좋습니다.

그럼 씨앗 이야기를 해 볼까요. 코담배 가루처럼 생긴 씨앗, 연노란색 서캐 비슷한 씨앗도 있고 다리 없는 핏빛 벼룩처럼 반짝반짝하고 거무스레한 씨앗도 있습니다. 봉랍처럼 납작한 씨앗이 있는가 하면 공처럼 부푼 씨앗도 있고 바늘처럼 가느다란 것도 있고 날개 달린 것, 따끔따끔한 것, 잔털이 돋은 것, 헐벗은 것, 털이 부숭부숭한 것도 있으며 바퀴벌레만큼 큰 것도 있고 먼지 한 톨만큼 작은 것도 있습니다. 모든 종이 다 다르고 각자의 방식으로 이상하지요. 생명은 복잡하고 오묘하군요. 깃털 달린 괴물 같은 이 큼직한 씨앗에서는 비리비리하고 말라빠진 엉겅퀴가 자라나는데 이 노란 서캐는 통통한 선인장 떡잎이 된다니요. 어쩌죠? 도저히 믿기지 않는데 말입니다.

그건 그렇고 여러분은 씨앗을 심으셨습니까? 화분들을 미지근한 물에 담그고 유리로 덮어 주었나요? 해가 들지 않도록 블라인드를 치고 실내가 38도의 온실이 되도록 창문을 꼭 닫아 주었겠지요? 아주 잘하셨습니다. 이제 정원을 가꾸는 모든 사람이 해야 할 가장 위대하고 치열한 영웅적 행위를 할 때가 되었습니다. 바로 기다림이죠. 외투를 벗어젖히고 셔츠 바람으로, 땀을 뻘뻘 흘리고 숨을 헐떡이며, 화분을 껴안고 웅크리고 앉아 새싹을 당겨 올리려는 듯 강렬한 눈빛을 쏘세요.

첫날은 싹이 하나도 올라오지 않고, 지켜보는 사람만 아침을 기다리느라 밤잠을 설칩니다.

둘째 날은 신비로운 흙에 곰팡이가 한 뭉텅이 피는데요. 이 사람은 생명의 첫 징후라며 아주 좋아하는군요.

셋째 날은 하얗고 기다란 줄기를 타고 뭔가가 미친 듯이 서둘러 자라납니다. 그러자 화분만 보고 있던 사람은 벌써 올 게 왔다면서 뛸 듯이 기뻐하는군요. 처음 올라온 이 어린 모종을 아기 젖을 먹이는 어머니처럼 애지중지 살핍니다.

나흘째가 되면 터무니없이 기다랗게 자란 어린싹을 보며 잡초일 수도 있다는 불안한 마음이 스멀스멀 고개를 듭니다. 그리고 불길한 예감은 머지않아 현실로 드러나지요. 처음 나오는 새순, 특히 화분에서 비리비리 길게 자라는 싹은 어김없이 잡초입니다. 이것도 무슨 자연의 법칙임이 틀림없어요.

그런데 드디어, 여드레쯤 지나면, 영험하고도 자유로운 어느 짧은 찰나에, 아무도 보지 못하고 붙잡지도 못한 한순간에, 예고도 없이, 그저 조용히 흙을 가르고 첫 새순이 고개를 디밉니다. 나는 언제나 식물이 뿌리처럼 씨앗에서 아래로 자라나거나 감자 줄기처럼 위로 올라온다고 생각했답니다. 하지만 그런 경우는 없다는 말씀을 드려야겠군요, 대다수 식물은 씨앗 밑에서 움터서 씨앗을 모자처럼 머리에 이고 들어 올립니다. 아이가 어머니를 머리에 얹고 성장해야 한다고 한번 생각해 보세요. 새싹들은 이런 놀라운 곡예를 거의 모두가 해 낸답니다. 굉장한 힘으로 역기처럼 영차 씨앗을 들어 올려서는 때가 되면 툭 떨어뜨려 버립니다. 자, 그래서 여기 이렇게 돋아나 있는 겁니다. 맨몸의 여린 새싹은, 통통할 수도 가녀릴 수도 있겠지만 하나같이 정수리에 말도 안 되게 조그마한 떡잎을 두 개 달고 있지요. 시간이 지나면 이 작은 떡잎 사이에서 뭔가 다른 게 보이기 시작할 겁니다.

그렇지만 아직 여러분께 미처 드리지 못한 말이 있어요. 그 말은 나중에 하도록 하지요. 지금은 연하고 부실한 줄기에 붙은 떡잎 두 개에 불과하지만 그래도 정말이지 너무 신기하지요, 새싹은 참으로 각양각색이고, 식물마다 다 다르답니다. 아, 아까 하려던 얘기가 뭐냐고요? 생각났습니다. 별 얘기는 아닙니다. 그저 생명이란 인간의 상상을 뛰어넘는 복잡 미묘한 수수께끼라는 얘기였어요.

정원 가꾸는 사람의 2월

2월에 정원 가꾸는 사람은 1월의 일들을 이어받아 계속합니다. 특히 날씨를 일구는 일이 계속되지요. 여러분이 알아야 하는 것은, 2월이 위험한 시기라는 사실입니다. 2월은 까막서리며 태양, 습기, 가뭄, 바람으로 정원 가꾸는 사람을 위협하지요. 연중 가장 짧은 달, 이 흡사 독사 알에 견줄 만한 달, 이 생기다 만, 총체적으로 못 믿을 얼치기 같은 달은 교활한 간계 면에서는 다른 열한 달을 훌쩍 능가합니다. 그러므로 조심하십시오. 낮에는 관목들을 살살 꼬드겨 꽃망울을 맺게 만들고 밤이면 꽃샘추위로 말려 죽일 테니까요. 한 손으로는 어르고 부추기며 다른 손으로는 사람을 바보로 만들어 버린다고요. 윤년에 덤으로 주어지는 하루가 왜 하필이면 그 제멋대로의, 고약하고 사악하고 교활하고 못되어 처먹은 달에 가서 붙는답니까? 윤년이라면 저 아름다운 5월에 하루가 늘어날 수도 있잖아요. 그럼 5월이 32일이 될 테고 만사 아무 문제가 없을 텐데 말입니다. 대체 정원이나 가꾸는 우리 같은 사람들이 무슨 큰 잘못을 했다고 이러는 거죠?

2월에 해야 할 또 한 가지 일은 눈에 불을 켜고 봄의 첫 징후를 찾아다니는 겁니다. 정원 가꾸는 사람은 신문에서 봄을 알리는 전령으로 흔히 쓰는 왕풍뎅이나 나비를 크게 신뢰하지 않습니다. 첫째, 왕풍뎅이를 좋아하지 않고, 둘째, 처음 나온 나비는 대개 죽는 걸 깜박한 작년의 마지막 나비이기 때문입니다. 정원 가꾸는 사람이 보는 봄의 징후는 이보다는 덜 기만적입니다. 이를테면요.

1. 잔디밭에 통통한 갈퀴처럼 뾰족한 싹을 틔우는 크로커스가 그렇습니다. 어느 날 느닷없이 삐죽한 새순이 탁 터지더니 (아무도 못 본 사이에) 아름다운 초록빛 잎사귀들이 무성하게 다발을 이루거든요. 이건 바로 봄이 온다는 첫 번째 진정한 신호입니다. 그리고 두 번째는 말이지요.

2. 집배원이 가져다주는 정원 카탈로그들입니다. 정원 가꾸는 사람이라면 닳도록 봐서 달달 외우고 있는 내용이지만 「일리아드」가 "분노를 노래하소서, 여신이여."로 서두를 열듯 이 카탈로그들은 "아시나, 아칸톨리몬, 아칸투스, 아킬리아, 아코니툼, 아데노포라, 아도니스……" 이렇게 줄줄 이어진다는 걸 정원 가꾸는 사람이라면 누구나 다 알지요. 그래도 아시나부터 월렌버기아 내지 유카까지 꼼꼼하게 다시 읽을 테고, 읽는 내내 재주문을 할까 말까 자기 자신과 전쟁을 벌이기 마련입니다.

3. 설강화 역시 봄의 전령입니다. 처음에는 흙에서 연두색 점처럼 빼꼼 얼굴을 내밀다가 통통한 떡잎으로 갈라지는데, 그러면 끝이에요. 가끔 일찍 필 때는 2월 초순에도 꽃을 볼 수 있는데, 제가

장담합니다만 그 어떤 승리의 야자수도 선악과나무도 영광의 월계관도, 칼바람에 힘없이 흔들리는 파리한 줄기에 달린 이 하얗고 여릿한 꽃보다 아름다울 수는 없답니다.

4. 이웃들도 봄이 오면 명백한 신호를 줍니다. 이웃집 사람들이 부산하게 삽과 곡괭이, 가위와 나무 도포제, 흙에 뿌려 섞을 온갖 가루를 주섬주섬 챙겨 들고 각자의 정원으로 나오는 순간, 정원을 가꾼 경험이 오랜 사람은 봄이 코앞에 다가왔음을 알지요. 그러면 그 역시 낡은 바지를 주워 입고 부산하게 삽과 곡괭이를 들고 정원으로 나갈 테고, 그러면 옆집 사람들이 또 봄이 임박했다는 신호를 받아 이 기쁜 소식을 울타리 너머 옆집으로 이어 전달합니다.

토양은 녹아 부드러워졌지만 아직은 초록빛 싹 하나 틔우지 못했습니다. 아직은 헐벗은 채 기다리는 흙을 있는 그대로 품어 줄 때입니다. 거름을 주고 삽질을 하고 배수하고 물길을 파고 토양을 가볍게 일구고 섞어 줄 때입니다. 그러다 보면 흙은 어김없이 지나치게 되거나 지나치게 질척이거나 지나치게 버석거리거나 지나치게 산성이거나 지나치게 메말라 있을 겁니다. 그러니까 정원 가꾸는 사람의 마음속에서 토질을 개선해야겠다는 열망이 솟구친다는 말이지요. 흙을 비옥하게 해줄 재료는 천 가지도 넘겠지만 다행히도 보통은 정원 가꾸는 사람이 당장 구할 수 없는 것들이 대부분이지요. 해조분[4]이나 너도밤나무 낙엽, 썩은 쇠똥, 묵힌 회분, 묵힌 토분, 삭힌 똇장, 두더지가 파낸 흙이 비바람을 맞으며 숙성된 토양, 부엽토, 무

---

4   바닷새의 배설물로, 인산질 비료의 원료.

어의 흙, 연못 바닥의 진흙, 히스의 흙, 숯, 나무를 태운 재, 뼛가루, 뿔을 깎아 낸 조각, 묵힌 액상 퇴비, 말똥, 라임, 물이끼, 나무 그루터기에서 파낸 썩은 속살, 여타 영양분이 많고 흙을 포슬포슬하게 풀어 줄 좋은 재료들을 집에 보관한다는 게 도시에서는 도무지 쉽지 않단 말입니다. 질산, 탄산칼륨, 인산염 등등 많고 많은 비료야 말해 뭐 합니까.

정원 가꾸는 사람은 이따금 이 훌륭한 흙과 재료와 똥을 하나도 남김없이 다 일구고 뒤엎어 혼합하고 싶은 욕구에 사로잡힙니다. 참으로 안타까운 일이지요! 그러면 정원에 꽃을 심을 공간이 하나도 남지 않을 테니까요. 그러니 할 수 없죠. 힘닿는 한 최선을 다할 밖에요. 집 안을 구석구석 뒤져 달걀 껍데기를 찾아내고 점심 먹고 남은 뼈다귀를 태우고 자른 손톱을 모아 두고 굴뚝에서 먼지를 긁어모으고 수채통에서 모래를 구하고 길거리에서 탐스러운 말똥을 싹싹 긁어모으고 이 모든 재료를 조심스럽게 흙 속에 파묻어 줍니다. 하나같이 흙을 가볍게 풀어 주고 따스하고 보듬어 줄 영양분 많은 물질이니까요. 세상에 존재하는 만물은 흙에 좋은 것과 아닌 것으로 나뉜답니다. 참, 이 비굴한 수치심만 떨쳐 낼 수 있다면, 분연히 저 길거리로 나가 말이 싸지르고 간 배설물을 모조리 긁어 올 텐데 말입니다. 길거리에 수북이 쌓인 똥을 보면 신이 주신 선물을 저렇게 낭비해서야 쓰겠냐는 생각에 절로 한숨이 나옵니다.

아, 농장에 산처럼 쌓인 거름을 상상하면 정말이지…… 그래요, 알아요, 압니다. 물론 시중에는 양철통에 든 가루 제

품이 아주 다양하게 나와 있지요. 원하는 대로 뭐든지 살 수 있습니다. 온갖 종류의 소금, 추출물, 광재[5], 가루들. 박테리아로 토양의 면역력을 키워 줄 수도 있고 대학 조교나 약국 약사처럼 흰 가운을 입고 흙을 경작하는 일도 마음만 먹으면 얼마든지 할 수 있을 겁니다. 도시에서 정원을 가꾸는 사람이라면 누구나 할 수 있어요. 하지만 그래도 눈앞에 농장 마당에 쌓인 탐스러운 갈색 거름 산이 어른거리……

아, 참, 여러분, 그런데 알고 계십니까? 어느새 설강화가 꽃을 피웠단 말입니다. 노란 별들이 총총 달리는 풍년화도 만개했고 헬레보어에도 오동통한 봉오리가 맺혔군요. 제대로 잘 보면(하지만 꼭 숨을 참고 보세요.) 어지간한 식물에서는 봉오리와 새순을 찾을 수 있을 겁니다. 천 번의 작은 맥동을 거쳐 생명은 흙을 뚫고 솟아납니다. 이제 정원을 가꾸는 우리는 그 생명을 꼭 붙들고 정성껏 지켜 주어야 합니다. 어때요, 벌써 핏속에 활력이 솟구치지 않습니까.

5   광석에서 금속을 빼내고 남은 찌꺼기.

정원 가꾸기의 기예

　다 가꾸어진 정원을 멀리서 건성으로 바라보던 구경꾼 시절에는, 정원 가꾸는 사람이 특별히 시적이고 온화한 심성을 지녀서 새들의 노랫소리에 귀를 기울이고 향기 만발한 꽃들을 길러 내는 줄 알았지요. 좀 더 가까이서 이 일을 들여다보니 진짜로 정원을 가꾸는 사람은 꽃을 길러 내는 게 아니더군요. 오히려 흙을 기르는 사람이었습니다. 죽도록 흙을 파서는 아무짝에도 쓸모없어 보이는 구덩이 같은 거나 만들고 나오거든요. 이 사람은 늘 흙에 파묻혀 삽니다. 태산 같은 두엄으로 기념비를 세웁니다. 에덴동산에 들여보내 주면 아마 잔뜩 흥분해서 킁킁 냄새를 맡으며 "이런, 세상에, 이렇게나 훌륭한 부엽토라니!" 하고 연신 감탄하느라 정신이 없을 테고요. 내 생각에는 주님의 동산에서 낙원의 토양을 한 수레 얻어 갈 궁리를 하느라 선악과나무에서 열매를 따 먹는 것마저 까맣게 잊을 것 같아요. 그러지 않으면 선악과나무 둘레의 터가 접시처럼 동그랗게 꾸며져 있지 않은 걸 보고 당장 일에 착수하거나요. 제 머리 위에 주렁주렁 열린 열매가 뭔지도 모르고 그

저 천진하게 흙만 조물조물 만지고 있을 겁니다. "어디에 있느냐, 아담?" 주님이 찾으시면 정원 가꾸는 사람은 "잠깐만요." 하고 어깨 너머로 황급히 외칠 테고요. "아, 저 지금은 좀 바쁩니다." 대꾸하고는 조그만 터를 조성하는 일만 계속할걸요.

정원 가꾸는 사람이 천지창조 때부터 자연 선택으로 진화했다면 십중팔구 무척추 동물일 겁니다. 참, 나, 정원을 가꾸는 데 등뼈가 무슨 소용인가요? 가끔 한 번씩 쭉 펴면서 "허리가 아프군!"이라고 말할 때 말고는 아무 쓸 데가 없지 않습니까. 다리는 이런저런 방식으로 접히기라도 하죠. 쭈그리고 앉을 수도 있고, 무릎을 꿇을 수도 있고, 머리를 받칠 수도 있고, 심지어 목에 감을 수도 있고요. 손가락은 쑤셔서 구멍을 팔 때 못 대신 쓰기 좋고 손바닥으로는 흙덩이를 부수고 부식토를 나눌 수 있습니다. 머리는 담뱃대를 물고 있기 유용하지요. 그런데 오로지 척추만은 아무리 구부리려 애써도 말을 듣지 않는 뻣뻣한 물건일 뿐이에요. 하물며 지렁이도 척추가 없지 않습니까. 정원 가꾸는 사람은 앉으면 위의 그림 같은 꼴이 됩니다. 팔다리를 쭈그리고 걸터앉아서 풀 뜯는 암말처럼 고개를 두 무릎 사이에 처박는 거죠. 이 사람은 신장을 최소한 한 척 넘게 늘리고 싶어 하는 것 같지 않군요. 오히려 키를 절반으로 접는 쪽입니다. 납작하게 쭈그려 앉아서는 수단과 방법을 가리지 않고 키를 줄이고자 하죠. 아마 여러분도 정원 가꾸는 사람의 신장이 1미터를 넘는 경우를 별로 못 봤을 거예요.

흙을 일구려면 일단 삽질을 하고 쟁기를 끌고 흙을 뒤집고 파묻고 흙덩이를 풀어 주고 손으로 토닥거리고 매끄럽게 다듬으면서 여러 재료를 섞어 줘야 합니다. 아무리 복잡한 푸딩 요리법이라도 정원 흙을 준비하는 것보다는 간단합니다. 똥, 거름, 구아노, 부엽토, 떼, 부식토, 모래, 짚, 석회, 카이닛[6], 토머스 비료, 베이비파우더, 초석, 뿔, 인산염, 배설물, 쇠똥, 재, 토탄, 두엄, 물, 맥주, 부러진 파이프, 다 탄 성냥, 심지어 죽은 고양이까지 정말 여러 물질이 첨가됩니다. 이 모든 것을 쉬지 않고 섞어 저으며 향을 첨가하는 거지요. 아까도 말했지만, 정원 가꾸는 사람은 한가로이 장미꽃 향기를 맡는 사람이 아니라 '흙에 석회를 좀 섞으면 좋겠어.'라든가 흙이 무거워서 '모래가 필요하겠어.' 같은 생각에 줄곧 시달리는 사람들이라니까요. 정원 가꾸기는 일종의 과학적 탐구인 셈입니다. 탐스럽게 꽃핀 장미는 딜레탕트나 즐기는 것이지요. 정원 가꾸는 사람의 기쁨은 더 깊은 곳, 바로 흙이라는 모태에 뿌리박고 있단 말입니다. 정원 가꾸는 사람은 죽어서 꽃의 향기에 취한 나비가 되는 게 아니라 시커멓고 질산이 풍부하고 톡 쏘는 흙의 진미를 맛보는 정원의 벌레가 된답니다.

이제 봄이 왔으니 다들 참을 수 없는 유혹에 이끌려 틈만 나면 정원으로 달려갑니다. 숟가락을 놓자마자 화단으로 가서 눈부시게 푸른 하늘을 향해 엉덩이를 치켜 드는 겁니다. 여기서는 따뜻한 흙덩이를 손가락으로 잘게 부수고, 저기서는 일 년간 잘 숙성된 소중한 똥을 조금이라도 더 뿌리 가까이 밀어 넣으려 애쓰는군요. 저기서 잡초를 뽑고 있는가 하면 여기서 작은 돌멩이들을 골라내고 있어요. 이제 딸기를 에워싼 토

6   유리 광택이 있는 광물로, 칼륨의 원료이자 비료로 쓰인다.

양을 가는가 하면 금세 코를 흙에 처박고 어린 양상추의 여린 뿌리를 사랑스럽다는 듯 살살 간질입니다. 저들이 이런 자세로 봄을 만끽하는 사이 치켜든 엉덩이 위에서 태양이 찬란한 궤적을 따라 돌고 구름은 하늘을 헤엄치며 천국의 새들이 짝짓기합니다. 벌써 벚꽃 봉오리가 벌어지고, 어린잎이 달콤하고도 보드랍게 세를 확장하고, 찌르레기들은 미친 듯 노래를 부르고 있군요. 그러면 정원 가꾸던 사람은 잠시 허리를 펴고 생각에 잠깁니다. "가을이 되면 전체적으로 퇴비를 섞어 줘야겠어. 모래도 좀 뿌려야겠군."

그래도 정원 가꾸는 사람이 온전한 제 키만큼 몸을 쭉 펴고 일어나는 순간이 딱 한 번 있긴 합니다. 아담한 정원에 성스러운 물로 세례를 주는 오후 시간이지요. 이때가 되면 그는 귀족처럼 도도하게 꼿꼿이 서서 수전의 입에서 뿜어 나오는 물줄기를 힘차게 정원으로 분사합니다. 은빛 물줄기가 뿜어 나와 키스같이 부드러운 소나기로 흩뿌려집니다. 푸석한 흙에서 향기로운 습기의 숨결이 스치고, 작은 잎사귀 하나하나 빠짐없이 야생의 녹음처럼 싱그럽게 푸르러, 따먹고 싶어 군침이 돌 만큼 탐스러운 기쁨으로 반짝입니다. "그래, 이제 이 정도면 충분해." 정원 가꾸는 사람은 행복하게 속삭이지요. 하지만 이 정도라고 할 때 그는 꽃봉오리로 뒤덮인 벚나무나 보랏빛 까치밥나무 열매를 염두에 두지 않습니다. 일편단심 갈색 흙 생각뿐이라니까요.

뉘엿뉘엿 해가 지고 나면 그는 몹시 뿌듯한 마음으로 긴 한숨을 내쉽니다. "오늘은 그래도 땀을 제법 흘렸단 말이야!"

정원 가꾸는 사람의 3월

우리가 진실과 오랜 전통에 따라 정원 가꾸는 사람의 3월을 설명해야 한다면 말이죠. 다음 두 가지를 신경 써서 잘 구분해야 합니다. 첫째는 해야만 하고 또 하고자 하는 일, 둘째로는 실제로 하게 되는 일 사이의 구분 말입니다. 아무리 더 많이 일하고 싶어도 할 수가 없거든요!

첫째로 말씀드리자면, 자, 정원 가꾸는 사람은 뭐니 뭐니 해도 몸과 마음을 다해 진심으로 열렬하게 바라고 소망합니다. 이건 변하지 않는 진실이에요. 그가 바라는 건 오로지, 삭정이를 걸어 내고 화초를 덮었던 이엉을 벗겨 내고 괭이질하고 거름 뿌리고 배수로를 파고 삽질하고 흙을 뒤집고 풀고 갈퀴로 긁고 정돈하고 물을 주고 썰고 자르고 심고 옮겨 심고 묶어 주고 뿌려 주고 두엄을 섞고 잡초를 뽑고 씨를 뿌리고 청소를 하고 가지치기를 하고 제비와 찌르레기를 휘이휘이 쫓고 흙냄새를 맡아보고 올라오는 새싹을 덮은 흙을 손가락으로 살살 걷어 주고 꽃을 피운 설강화에 환호하고 땀을 훔치고 허리를 잠시 펴고 늑대처럼 먹어 치우고 물고기처럼 술을 마시고 삽을 든 채로 잠자리에 들었다가 종달새 소리에 일어나서 태양과 하늘에서 내려 준 이슬을 찬양하고 딱딱한 새순을 손으로 만져 보고 새봄 첫 물집이 생기고, 여하튼 총체적으로 광범위하게 활기 넘치는 삶을 그 나름의 방식으로 만끽하는 것밖에 없어요.

하지만 둘째로 넘어가서, 실제로 하는 일은 무엇인가 하면 말입니다. 땅이 아직 얼었다고, 아니면 녹았다가 다시 얼었다고 불만을 토로하고, 눈 덮인 정원을 바라보며 우리에 갇힌 사자처럼 분노에 차서 집 안을 서성거리게 됩니다. 모닥불 옆에서 감기 기운을 달래고, 치과에 가고, 법원에 출두하고, 숙모나 손자나 악마의 할머니가 찾아오면 접대도 해야 하고, 아무튼 하루하루를 잃게 됩니다. 상상할 수 있는 온갖 악천후가 찾아오고 운명의 장난에 놀아나고, 아무튼 꼭 3월이면 해야할 일과 시시각각 변화하는 사정이 발목을 잡는다니까요. 그러니 조심하세요. "3월은 정원 일이 가장 바쁜 달로 다가오는 봄 준비를 해야 한다."라니까요.

정말 그렇습니다, 사람은 정원을 가꾸어 봐야만 비로소 쓰라린 추위라든가 무자비한 북풍이라든가 된서리 같은 시적인 표현들의 참뜻을 깨닫게 되지요. 심지어 올해의 추위는 썩어 빠졌다든가 저주받을 추위라든가 날씨가 악마처럼 지독하다든가 야만적이라거나 엿 같다든가 이처럼 한술 더 떠서 몹시 시적인 어휘를 참으로 자연스럽게 구사하게 됩니다. 하지만 시인들과는 달리, 정원 가꾸는 사람은 북풍은 물론 사악한

동풍에게도 욕을 퍼붓거니와, 진눈깨비보다는 교활하고 음흉한 까막 서리를 더 살벌하게 저주합니다. 그리고 "겨울이 봄의 진격을 저지하는군." 같은 회화적인 묘사를 굉장히 좋아하지요. 하지만 한편으로 폭압적인 동장군을 물리치는 이 영광스러운 싸움에서 자신이 아무 역할도 할 수 없다는 사실에 차마 말로 표현할 수도 없는 자괴감을 느끼는데요. 괭이와 삽, 총과 미늘창으로 겨울을 물리칠 수만 있다면, 당장이라도 전의를 다지고 돌격의 함성을 지르며 전장으로 달려 나갈 태세라지요. 하지만 실상은 저녁마다 라디오의 날씨 예보나 들으며 스칸디나비아의 고기압대나 아이슬란드의 심층 기류를 무섭게 욕하는 것밖에 할 일이 없습니다. 그래도 찬바람이 어디서 불어오는지는 알고 있답니다.

우리처럼 정원 가꾸는 사람들에게는 민간의 속설도 상당히 신빙성 있게 들립니다. 우리는 아직도 "마티아 성인[7]께서 얼음을 깬다."라고 믿고, 만일 그분이 실패하면 하늘나라의 목수인 성 요셉[8]이 대신 나서 동장군을 깨부숴 줄 거라 믿습니다. 우리는 "3월에도 우리가 난로 뒤로 기어 들리라는 사실"을 알고 있고 세 명의 얼음 사나이[9]와 춘분과 메다르 성인[10]

---

7 지금 성 마티아 축일은 5월 4일이지만 예전에는 2월 24일이었다. 따라서 얼음이 녹기 시작하는 절기와 시기가 얼추 맞아떨어졌다.

8 성 요셉 대축일은 3월 19일이다.

9 "세 명의 얼음 사나이가 다 지나가기 전에는 파종하지 말라."라는 속담이 있다. 성 마메르토, 성 판크라시오, 성 세르바시오, 세 성인의 축일이 5월 11일, 12일, 13일 연이어 찾아오는 데서 연유했다. 북유럽에서는 5월이라도 추위가 가시지 않기 때문에 파종할 때 유의해야 했다.

10 성 메다르는 좋은 날씨와 농부의 수호성인이다. 어린 시절 하늘을 나는 독수리

의 두건을 비롯한 예측을 믿지요. 이런 걸 보면 인간이 까마득한 옛날부터 날씨에 어지간히 고생했다는 걸 알 수 있단 말입니다. "5월 초하루에 지붕에 쌓인 눈이 녹는다."라든가 "네포묵의 성 요한 축일에 코와 손이 꽁꽁 얼어서 떨어져 나간다."라든가 "성 베드로 축일과 성 바오로 축일에는 숄을 두른다.", "성 치릴로와 성 메토디오의 축일에는 연못이 언다.", "성 바츨라프 축일에 하나의 겨울이 가고 새로운 겨울이 시작된다." 같은 속담들을 들더라도 별로 놀랍지는 않을 거예요. 세간의 속담이라는 건 대체로 불행하고 우울한 예언이니까요. 매년 반복되는 악천후와 씨름하면서도 봄을 반가이 맞아 주고 둘러쓴 베일을 걷는 일을 자처하는 이 정원 가꾸는 사람이야말로, 꺾이지 않는 우리 인류의 가히 기적적인 낙관주의를 말해 주는 산 증거가 아닐까요.

　정원을 가꾸기 시작하면 어떻게든 경험 많은 분들과 만날 기회를 물색하게 됩니다. 대체로 늘수그레하고 좀 주의가 산만한 분들인데, 해마다 이런 봄은 살면서 한 번도 본 기억이 없다는 말을 입버릇처럼 달고 사시죠. 날이 추우면 이렇게 추운 봄은 기억에 없다고 합니다. "옛날에 말이야, 그게 한 육십 년 전쯤 되는데, 그때는 날이 어찌나 따뜻했는지 성촉절[11]에 제비꽃이 피었다니까." 그러다 조금 포근해지면 또 이렇게 따뜻한 봄은 난생처음 본다고 하지요. "언제더라, 한 육십 년 전

가 성인이 비를 맞지 않도록 보호해 주었다는 전설에서 유래했다. 메다르 성인 축일인 유월 8일에 비가 내리면 성인의 두건에서 물방울이 사십 일 내내 떨어져 비가 그치지 않고, 날씨가 좋으면 이후 사십 일간 쾌청하다는 민간 속설이 있다.

11　우리의 경칩에 해당하는 날로, 2월 2일을 말한다.

같은데, 성 요셉 대축일에 썰매를 타러 갔었지." 한마디로, 경험 많은 분들의 말씀을 듣고 있으면, 날씨 문제에 있어서만큼은 종잡을없는 변덕이 기후를 좌우하니 우리로서는 어쩔 도리가 없다는 진리를 깨우치게 됩니다.

그래요, 어쩔 도리가 없습니다. 3월 중순인데 언 땅에 눈이 덮여 있어요. 우리 정원의 작은 꽃들에게, 주님, 자비를 베푸소서.

정원을 가꾸는 사람들이 서로를 어떻게 알아볼까요. 냄새일까요, 암호일까요, 아니면 비밀 신호일까요. 여러분께 그 비밀을 밝힐 수는 없습니다만, 어쨌든 정원 가꾸는 사람들은 한번 마주하기만 하면 서로를 알아본다는 것만큼은 사실이랍니다. 극장 통로에서, 티파티에서, 하다못해 치과의 환자 대기실에서 마주쳐도 첫눈에 알아봅니다. 말을 트자마자 서로 날씨에 대한 의견부터 교환하고 나면("아닙니다, 선생님. 정말 그런 봄은 난생처음 봤어요.") 이러다 보면 대화는 자연스레 습도니 달리아니 화학 비료 같은 주제를 거쳐 네덜란드산 나리꽃("이런, 빌어먹을, 이름이 뭐더라, 아니, 걱정 마세요. 제가 구근을 하나 드릴 수 있어요."), 딸기, 미국 카탈로그, 작년 한파로 입은 피해, 진딧물과 과꽃, 기타 등등의 화두로 넘어가게 됩니다. 번듯한 정장을 차려입고 극장 통로에 서 있는 두 남자는 허울에 불과해요. 심층에 깔린 진짜 현실에서는 삽과 물뿌리개를 든 원예가들일 뿐이니까요.

시계가 멈추면 분해해서 시계 수리공에게 가지고 가지요.

차가 멈추면 코트 자락을 걷고 기계장치를 살펴본 후 정비소에 보냅니다. 세상 만물에는 이처럼 무엇이든 대책이 있기 마련인데, 날씨만큼은 도무지 어쩔 도리가 없습니다. 열정도 야망도 최신 기술도 오지랖 넓은 참견이나 험한 욕설도 하나같이 아무 소용이 없습니다. 때가 되면 씨앗이 발아하고 싹이 납니다. 섭리대로지요. 이렇게 겸허히 인간의 무력함을 깨닫게 되는 겁니다. 그리고 머지않아 인내심이 지혜의 어머니라는 사실도 실감하실 겁니다!

어쨌든 날씨 앞에서는 대책이 없어요, 전혀.

새순[12]

3월 30일 오늘 오전 10시에 처음으로 아주 작은 개나리의 꽃망울이 터졌습니다. 나는 제일 큰 이 봉오리를 어언 사흘째 지켜보고 있었습니다. 이 역사적인 순간을 놓치지 않으려고 황금빛 꼬투리만 쳐다보고 있었다고요. 그런데 하필 비가 오시려나 잠시 하늘을 본 틈을 타서 사건이 벌어지고 만 겁니다. 이제 내일이면 개나리 가지마다 온통 황금빛 별들이 흩뿌려질 테지요. 아무리 막으려 해 봐도 이미 돌이킬 수 없는 일입니다. 물론 라일락이야 진작 서둘러 망울을 틔웠지요. 정신을 차려 보니 어느새 작고 가녀린 이파리를 만들어 버렸더군요. 라일락 새순이 터지는 순간은 아무도 포착할 수 없습니다. 서양까치밥나무도 벌써 주름진 치맛자락을 펼쳤지만 다른 풀과 나무들은 대체로 아직 때를 기다리고 있군요. 이러다가 하늘이나 땅에서 "지금이다!"라는 명령이 바람을 타고 떨어지면 한꺼번에 새싹과 꽃망울을 화려하게 터뜨릴 테지요.

12   새싹과 꽃망울을 통칭하는 bud를 옮긴 것이다.

꽃망울이 터지고 새싹이 돋는 일은, 우리 인간이 자연적 과정이라고 부르는 현상이지만 사실 알고 보면 씩씩한 행진에 가깝습니다. 부패 또한 자연적 과정이지만, 행진을 떠올리게 하지는 않잖아요. 부패 과정을 보면서 행진곡을 작곡하고 싶은 마음이 들 리도 없습니다. 그러나 내가 음악가라면 새순 행진곡을 꼭 작곡하고 말 겁니다. 경쾌한 도입부에서는 라일락의 연대가 달려가 산개 작전을 펼칠 테고, 이어서 레드베리 종대가 전진하겠지요. 사과나무와 배나무 씩처럼 묵직한 중화기 전력이 뒤를 따라 나오면 어린 풀잎들이 현악으로 노래하고 지저귈 겁니다. 이처럼 오케스트라 반주에 맞춰 새순의 정예 부대는 행진합니다. 군대의 행군 못지않게 화려한 대형을 뽐내며 숨차게 앞으로 나아갑니다. 왼발, 오른발, 왼발, 오른발, 맙소사, 이 얼마나 근사한 행진인가요!

봄이면 자연이 초록빛 옷을 입는다고 합니다. 하지만 엄밀하게 말하자면 사실이 아닙니다. 자연은 빨강과 분홍과 진홍빛 옷도 입으니까요. 새순 중에는 추위에 깊은 선홍색이나 장밋빛을 띠는 것들도 있습니다. 갈색에 송진처럼 끈적끈적한 질감인 것도 있지요. 토끼 뱃가죽처럼 희끄무레한 것도 고요. 보랏빛, 연한 금색, 오래된 가죽처럼 시커먼 색일 때도 있습니다. 뾰족한 레이스 같은 데서 튀어나오는 녀석도 있고, 손가락이나 혀를 닮은 모양도 있고, 심지어 무사마귀처럼 생긴 새순도 있습니다. 살점처럼 부풀기도 하고, 솜털이 돋아나 있기도 하고, 또 양귀비처럼 통통한 것들도 있지요. 질기고 가느다란 갈퀴 사이에 박혀 있는가 하면, 한껏 부풀린 보드라운 깃털 장식 같은 걸 펼치기도 합니다. 새싹과 꽃망울은 잎과 꽃잎이 그렇듯 신기하고 다채롭습니다. 끝도 없이 새로운 발견을 할 수 있지요. 그러나 반드시 작은 땅뙈기를 선택하고 관찰해야 합니다. 베네쇼프[13]까지 달려가느니 차라리 내 아담한 정원에 앉아 있는 편이 봄을 관찰하기에 훨씬 낫지요. 조용히 한자리에 가만히 있어야 합니다. 그럼 벌어진 입술과 넌지시 던지는 시선과 부드러운 손가락과 치켜든 팔, 행여 다칠까 겁나는 갓난아기의 모습, 흡사 반항이라도 하듯 분출하는 삶의 의지가 보일 겁니다. 그 순간 무한히 이어지는 새순 행진곡이 귓전에 희미하게 울려 퍼지겠지요.

자! 내가 이 글을 쓰는 사이에 그만 신비스러운 명령 "지금이다!"가 드디어 내려온 모양입니다. 아침에만 해도 질긴 강보에 꽁꽁 감겨 있던 새순들이 보드라운 꼬투리를 디밀고, 개나리 가지들은 황금 별을 달고 반짝이기 시작했군요. 통통하게 부푼 배나무 새순이 살짝 풀어졌고, 다른 봉오리 끄트머리에서도 금빛이 도는 연녹색 눈들이 총총 반짝입니다. 진액이 엉긴 나무껍질에서 어린 초록색 잎이 싹을 틔워 한껏 부푼 망울이 터지고 금줄 세공처럼 정교한 잎맥들이 드러납니다.

수줍어하지 마라, 얼굴을 붉히는 어린잎아. 펼쳐져라, 접혀 있는 작은 부채야. 깨어나렴, 포슬포슬한 잠꾸러기, 출발 명령이 이미 떨어졌단다. 쓰이지 않은 행진곡의 팡파르를 울려라! 찬란한 광택을 자랑하며 드럼 롤을 울려라, 한껏 불고 노래하라, 황금색 관악기, 드럼, 플루트와 무수한 바이올린아.

13   프라하에서 40킬로미터 떨어져 있는 도시.

흙빛과 초록색의 아담한 정원이 소리 없이 개선의 행진을 시작했도다.

정원 가꾸는 사람의 4월

4월, 4월이야말로 정원을 가꾸는 사람에게는 옳고도 복된 한 달입니다. 연인들 따위 5월이나 찬양하며 어디로든 꺼져 버리라지요. 5월에는 풀과 나무에 꽃이나 피겠지만 4월에는 새순이 돋는단 말입니다. 새싹과 꽃망울 말입니다. 씨앗이 발아하고 새순과 봉오리가 터지는 건 자연의 가장 위대하고 경이로운 기적이랍니다. 굳이 말을 더 보탤 생각은 없습니다. 여러분이 직접 웅크리고 앉아서 손가락으로 포슬포슬한 흙을 쿡쿡 쑤셔 보세요. 손끝이 오동통하게 영근 연약한 새순에 닿을 테니 조심스레 숨을 참아야 합니다. 그 촉감은 차마 말로 형용할 길이 없어요. 키스라든가 또 이런저런 것들처럼, 인간의 언어로는 포착할 수 없는 것이 있지요.

그래도 어쨌든 연한 새순 이야기로 돌아가 봅시다. 자, 이유는 아무도 모릅니다만 무심결에 새순을 밟게 되는 사태는 깜짝 놀랄 만큼 자주 일어납니다. 어쩌다 마른 가지를 줍거나 민들레를 뽑으려고 화단에 발을 들여놓기만 하면 백합이나 금매화의 싹을 짓밟게 되지요. 발밑에서 새싹이 바스러지면 경악감과 자괴감으로 속이 메슥메슥해진다니까요. 밟고 지나간 땅마다 영원히 풀이 나지 않는 불모지로 변하는 발굽 달린 괴물이 된 기분이에요. 아무리 조심스럽게 화단의 흙덩이를 부수려 해도, 싹트는 구근을 괭이로 찍거나 아네모네 새순을 삽으로 댕강 잘라 버리기 일쑤라지요. 그럴 때 소스라쳐 한 발 물러서기라도 하면 하필 꽃이 핀 앵초를 짓밟거나 델피니움의 어린 깃털을 꺾게 됩니다. 불안하고 초조한 마음으로 일할수록 피해는 일파만파 커질 따름이니, 아무 데나 멋대로 발을 디뎌도 화초를 하나도 짓밟지 않는 참된 원예가의 신비로운 자기 확신은 오랜 세월 경험을 쌓아야만 터득할 수 있나 봅니다. 하긴 그런 노련한 분들은 가끔 화초를 밟더라도 크게 개의치 않더군요. 하필 발길 닿는 데 있었다면서 말이지요.

4월은 새싹이 돋을 뿐 아니라 모종을 심는 달이기도 합니다. 의욕에 불타 조급한 마음으로 묘포에서 모종을 주문하지요. 정말이지 모종이 없이는 하루도 살 수 없을 것만 같아서요. 정원이 있는 친구마다 붙잡고 꺾꽂이할 가지를 받으러 가겠다고 말해 놓았지요. 지금 내 수중에 있는 것만으로 어떻게 만족이 되겠어요. 그러다 보니 170그루의 모종이 우리 정원에서 서로 만나게 되는 날이 옵니다. 반드시 그 즉시 심어야 한단 말입니다. 그제야 정원을 둘러보는데 아무리 봐도 심을 자리가 하나도 없군요.

뭐, 할 수 없죠. 4월이 오면 정원 가꾸는 사람은 시들시들한 식물을 손에 들고서 아무 식물도 자라지 않는 1인치 땅을 찾아 아담한 정원을 스무 바퀴쯤 빙글빙글 돌며 뛰어다니기 마련입니다. "아니, 아니야, 여기서는 안 돼." 낮은 목소리로 중얼거리지요. "여기에는 저 빌어먹을 국화들이 자라야 하고, 저기 심으면 풀협죽도에 치어서 말라 죽을 거야. 이런, 또 여기는 동자꽃이 자라고 있잖아, 젠장, 악마한테나 줘 버릴까! 흠, 여기는 초롱꽃이 활개를 치고 있고, 이쪽 톱풀 근처에도 자리가 없고. 어디다 심지? 엇, 잠깐, 여기에…… 아니야, 여기에는 또 투구꽃 무리가 있네. 아니면 여기, 하지만 여기에는 양지꽃이 있고. 여기면 딱 좋겠군. 저런, 달개비가 빽빽하게 자랐네. 그리고 여긴…… 대체 여기서 올라오는 건 뭐지? 궁금한데. 아하, 여기 좀 자리가 있군. 잠깐만 기다려라, 모종아, 금세 네 터를 다져 줄게. 자, 여기 있다. 이제 평화롭게 자라나렴." 잘됐지요. 하지만 불과 이틀 후에 정원 가꾸는 사람은 달맞이꽃의 선홍색 새순 바로 위에다 모종을 심어 버렸다는 사실을 깨닫습니다.

정원 가꾸는 사람이란 자연 선택이 아니라 인위적 배양을 통해 생겨난 품종이 분명합니다. 자연적인 발달을 거쳤다면 생김새 자체가 지금과는 달랐을 테니까요. 엉거주춤 쭈그리고 앉지 않아도 되도록 딱정벌레 같은 다리가 달렸을 테고, 무엇보다 날개가 달렸을 거예요. 일단 예쁘기도 하고 화단 위를 둥실둥실 떠다니게 해 주니까요. 밟고 설 땅이 없는 상황에서 다리가 얼마나 거추장스러운 물건인지 겪어 보지 못한 사람은 모를 겁니다. 흙을 손가락으로 찔러 보려고 주저앉을 때는, 쓸데없이 멍청하게 길어서 잘 접히지도 않아요. 반대로 제충국 덤불이나 싹을 틔우는 참매발톱꽃을 밟지 않고 화단 너머로 건너가려 할 때는 터무니없이 짧단 말이지요. 허리띠에 몸을 매달고 화단 위를 넘나들 수 있다면, 아니 차라리 모자를 쓴 머리통에 손만 네 개 달려 있다면 혹은 삼각대처럼 늘였다 줄였다 할 수 있는 팔다리가 달렸다면 얼마나 좋을까요! 그러나 모든 사람이 그렇듯 정원 가꾸는 사람의 외모도 완벽할 수는 없기에, 할 수 있는 한 최선을 다해 재주를 부리는 수밖에요. 외다리로 까치발을 하고 서서 균형을 잡고, 러시아 무용수처럼 허공을 떠다니고, 3.5미터의 꽃밭을 가운데 두고 다리를 쫙 벌려 서기도 하고, 나비나 할미새처럼 발걸음도 가볍게 사뿐사뿐 다니고, 평방 3센티미터도 못 되는 땅에 온몸을 구겨넣을 줄도 알아야 하고, 중력의 법칙을 거슬러 평형을 유지하여서 사방팔방 손을 뻗되 아무것도 건드리지 말아야 합니다. 게다가 이 모든 일을 하면서 어느 정도 점잖은 품격을 유지해야 사람들의 놀림감이 되지 않는단 말이지요.

물론 멀리서 스치는 눈길로 보면 정원 가꾸는 사람의 엉덩이밖에 보이지 않지요. 머리나 팔다리 같은 다른 것들은 그 밑에 숨겨져 있답니다.

고맙게도 물어봐 주시니 말씀드리지만, 이제 멋진 쇼가 펼쳐지고 있습니다. 수선화와 히아신스가 만발하고 뿔팬지와 꿩의비름, 범의귀, 꽃다지, 장대나물, 십자화, 앵초와 스프링헤더도 있어요. 내일, 모레, 연이어 활짝 피어날 꽃들을 마주하시면 아마 깜짝 놀라실걸요.

물론 누구든 오셔서 감탄하셔도 됩니다. "어머, 이건 참

조그맣고 어여쁜 보라색 꽃이네요." 사람들이 이런 말을 하면 정원 가꾸는 사람은 어쩐지 새침하게 토라집니다. "아니, 이게 진달래과의 페트로칼리스피레나이카라는 것도 모르세요?" 정원 가꾸는 사람들은 이름을 굳게 신봉하거든요. 플라톤식으로 말하자면 이름이 없는 꽃은 형이상학적 관념이 없는 꽃입니다. 즉 옳고 절대적인 실재가 아니라는 뜻이지요. 이름이 없는 꽃은 잡초고, 라틴어 학명이 있는 꽃은 어엿한 품종의 반열에 오르지요. 화단에 쐐기풀이 무성해도 '우르티카디오이카'라는 이름표를 붙여 두면 존중을 받습니다. 심지어 흙도 갈아 주고 질산칼륨 비료도 뿌려 줄걸요. 정원 가꾸는 사람과 대화하게 되면 꼭 "이 장미꽃의 이름이 뭐예요?" 하고 물어보세요. "이건 버미스터반톨이랍니다." 정원 가꾸는 사람은 반색해서 대답해 줄 겁니다. "그리고 저건 마담클레어모디어랍니다." 그러고는 여러분이 예의 바르고 지적인 사람이라고 판단하고 존경심을 보일 거예요. 그리고 이름으로 장난을 치면 절대 안 됩니다. 이를테면 이런 말은 절대로 하지 마세요. "여기 예쁜 장대나물이 꽃을 피웠네요." 그랬다가는 정원 가꾸는 사람한테서 불호령이 떨어질지 모릅니다. "저것 말입니까? 설마 스키에베레키아보른밀레리를 몰라보시는 겁니까?"

이거나 저거나 별다를 바는 없지만 이름은 이름이니까요. 우리 정원사들은 멋진 이름들을 아주 까다롭게 구별합니다. 그래서 이름표를 엉망으로 뒤섞어 버리는 아이들과 찌르레기는 질색이에요. 가끔 이런 소리를 하게 되거든요. "아니, 여기 좀 봐, 이 금작화는 에델바이스와 똑같이 생겼네. 이 지역의

변종인가 보군. 확실히 금작화가 틀림없어. 내가 붙인 이름표
가 여기 있으니까 말이야."

휴일[14]

……아니요, 나는 노동절을 찬미하는 노래를 부르고 싶지는 않아요. 차라리 사유 재산을 찬미하렵니다.[15] 비가 오지만 않는다면 웅크리고 앉아서 하루를 보낼 겁니다. "잠깐만 기다려라. 부엽토를 조금 뿌려 줄게. 이 싹은 잘라 낼 거야. 너도 땅속으로 더 깊이 뿌리를 내리고 싶지, 안 그러냐?"라고 얘기하면 작은 알리숨이 "좋아요."라고 대답할 테고, 그러면 흙을 더 깊이 파서 녀석을 심어 줄 겁니다. 여기는 말 그대로 내 피와 땀을 흘린 나의 땅이니까요. 가지나 순을 자르다 보면 어김없이 손가락을 베이거든요. 하긴 그것도 가지나 순이라고 할 수 있겠지만요.

아담한 정원을 가꾸는 사람이라면 어쩔 수 없이 사유 재

---

14   체코슬로바키아에서 5월 1일은 스바테크프라체, 즉 노동절 공휴일이다.

15   파시즘에 저항하고 자유 민주주의를 신봉했던 카렐 차페크는 당시 유럽 전역을 휩쓸고 있던 공산주의의 물결을 우려했다. 여기서 노동절을 찬양하는 노래는 국제 사회주의 찬가였던 인터내셔널가를 연상시킨다.

산을 소유하게 됩니다. 정원에 자라는 장미는 그냥 장미가 아니라 그의 장미고, 벚꽃이 만발하면 그의 벚꽃이 만발하는 거니까요. 사유 재산의 소유자는 이웃과도 어떤 특정한 관계를 맺게 됩니다. 이를테면 날씨 이야기를 할 때도 "우리는 이제 비가 더 내리면 큰일 나요."라고 하고 "소나기가 내려 줘서 우리는 꽤 좋았지요."라고 말하게 되니까요. 이 관계는 배타적 특성이 강해서 우리 집 나무에 비하면 이웃집 나무는 볼품없는 잔가지투성이 잡목에 불과히다든가, 이웃집 모과나무를 우리 정원에 옮겨 심으면 어울리겠다든가 하는 생각을 하게 된다니까요. 날씨 같은 문제를 보면, 사유 재산이 계급 의식과 집단적 이해관계를 고취한다는 말이 맞나 봅니다. 하지만 또 사유 재산을 지키려는 무시무시하게 맹폭한 이기적 본능을 일깨우는 것도 사실이거든요. 신앙을 수호하고자 전쟁에 나가는 사람들도 많지만, 그의 아담한 정원을 지켜야 한다고 하면 아마 훨씬 더 무서운 기세로 싸움에 나설 겁니다. 몇 미터 땅을 소유하고 그 땅에 식물을 키우다 보면 상당히 보수적인 사람이 되기 마련이지요. 수천 년 묵은 자연의 법칙을 따르게 되기 때문입니다. 무슨 수를 써도, 어떤 혁명을 일으켜도, 파종기를 앞당기거나 5월 전에 라일락이 개화하게 만들 수 없습니다. 그러니 정원을 가꾸는 사람은 현명해지고 법과 관습에 순종하게 되지요.

"캄파눌라알피나 이 녀석, 너는 더 깊이 땅을 파서 심어 주마. 그러니 노동할지어다!"

아무리 이런 흙장난이라도 무릎과 허리가 쑤시니 얼마든

지 노동이라고 부를 만합니다. 노동이 아름다워서, 또는 노동은 고결하고 건강해서 하는 일이 아닙니다. 캄파눌라가 꽃을 피우고 범의귀가 쿠션처럼 풍성하게 자라났으면 하기에 감수하는 일이지요. 무언가 찬미하고 싶다면 자신의 노동을 찬미할 게 아니라 노동의 목적인 캄파눌라나 범의귀를 찬미해야 하지 않겠습니까. 여러분이 기사나 책을 쓰는 게 아니라 베틀이나 선반 앞에 선다 해도, 그 일이 노동이라서 하는 건 아닐 겁니다. 베이컨과 완두콩을 사기 위해서, 아이들을 많이 낳고 가정을 꾸리기 위해서, 삶을 살고 싶어서 일하는 겁니다. 그러므로 오늘 여러분은 베이컨과 완두콩, 아이들과 삶, 그리고 노동으로 얻고 노동으로 대가를 치르는 모든 것을 찬미해야 합니다. 아니면 노동이 생산하는 결과물을 찬미해야 합니다. 도로를 보수하는 작업자들은 자신의 노동뿐 아니라 자신들이 닦은 길을 찬미해야 합니다. 노동절에 방직공은 기계로 짜낸 몇 킬로미터 길이의 능직과 캔버스 천을 찬미해야 합니다. 노동절로 불리지만 실제로는 성취를 자축하는 날이 되어야 합니다. 단순 노동을 넘어서는 업적을 이룬 긍지를 누려야 합니다.

톨스토이를 만나 본 사람에게 톨스토이가 손수 지은 장화는 어떻더냐고 물은 적이 있습니다. 몹시 형편없는 솜씨였다고 하더군요. 사람이 일할 때는, 좋아서 하거나 잘 알기 때문에 하거나 그것도 아니면 생계를 잇기 위해 하는 겁니다. 그러나 원칙에 따라 장화를 짓고 원칙에 따라서 노동 그 자체를 위해 일한다면 일의 값어치는 하찮아집니다. 노동절이 인간의 재주와 지성을 찬미하고, 올바른 태도로 임할 때 노동을 통해 이룩할 수 있는 수많은 업적을 찬미하는 영광의 날이 되기를 바랍니다. 세상 모든 나라의 유능하고 뛰어난 인재를 찬미하는 날이라면 대체로 즐겁기 마련이겠지요. 진정한 휴일, 삶의 순례일, 모든 훌륭한 사람들의 축일이 될 것입니다. 뭐, 지금의 노동절은 진지하고 경건한 날이지만요.

됐다, 신경 쓰지 말자, 봄날의 플록스야, 네 분홍빛 성배를 처음으로 세상에 선보이지 않으련?

정원 가꾸는 사람의 5월

　분주하게 밭을 갈고 땅을 파고 모종을 심고 꺾꽂이도 하고 물론 다 좋습니다만, 아직 정원 가꾸는 사람으로서 누리는 가장 특별한 기쁨이자 자랑에 대해 말하지 못했습니다. 바로 암석 정원, 즉 고산 식물로 구성된 알파인가든이지요. 알파인가든이라고 부르는 이유는 이쪽 정원에서 일하다 보면 위험천만한 등반 기술을 구사할 기회가 주어지기 때문일 겁니다. 저 두 바위 사이에 작은 봄맞이꽃을 심으려 한다면 말이지요. 한 발은 이미 흔들거리는 이쪽 바위를 위태롭게 딛고, 다른 발은 허공에 치켜들고 있어야 해요. 쑥부지깽이 덤불이나 꽃을 피우는 오브리에타를 밟는 참사는 피해야 하니까요. 엄청난 보폭으로 양다리를 벌리고 서서는 어정어정 걷고, 무릎을 구부렸다가 폈다가, 허리를 뒤로 젖혔다가 앞으로 굽혔다가, 누웠다가 서 있다가 펄쩍 뛰어 성큼 발을 앞으로 디디는 곡예를 합니다. 그래야 간신히, 그림처럼 어여쁘지만 보기만큼 튼튼하지는 못한 암석 정원 바위 사이에 모종을 심고 흙을 갈고 찔러 주고 잡초도 뽑을 수가 있어요. 암석 정원 조성은 이런 면에서 흥미진진하고 도전적인 스포츠라 할 수 있습니다. 덤으로 무려 1미터 남짓한 아찔한 고도의 암반 사이에 핀 흰 에델바이스나 디안투스글라시알리스나 소위 고산 지대 식물군의 파생종을 발견하는 설렘과 기쁨을 선사하죠.

하지만 여러분한테 이런 이야기를 해 봤자 대체 무슨 소용일까요. 어차피 내 맘을 알아 줄 리 없는데 말이에요. 여러분은 미니어치 같은 캄파눌라나 범의귀꽃, 동자꽃, 꼬리풀, 버룩이자리, 꽃다지, 이베리스, 알리숨, 플록스(그리고 담자리꽃, 봄맞이꽃, 하우스리크, 꿩의비름)과 라벤더, 양지꽃, 아네모네, 캐모마일, 장대나물, 록로즈(와 안개꽃, 도라지꽃, 여러 가지 타임), 아, 거기다가 각시수염붓꽃, 올림픽히페리쿰, 오렌지색 조팝나물과 또 록로즈, 용담초와 점나도나물, 아르메리아와 해란초, 아차, 하마터면 깜박 잊을 뻔. 알프스아스터, 쓴쑥, 로벨리아, 대극, 거품장구채, 쥐손이풀, 십자화, 파로니치아, 말냉이, 돌냉이, 금어초, 떡쑥, 기타 등등 이런 셀 수 없이 많은 어여쁜 꽃들을 가꿔 본 적이 한 번도 없잖아요. 페트로칼리스, 자근, 자운영은 말할 것도 없고 프리뮬러과 알프스제비꽃까지 소중한 작은 꽃이 얼마나 많은지 알기나 하십니까. 무수한 꽃 품종(그중에서 지치, 아카에나, 바이아, 개미자리, 셰르레리아만큼은 꼭 짚고 넘어가야겠군요.)은 고사하고 지금 내가 앞에서 말한 화초라도 키워 본 경험이 없다면, 그런 사람은 세상의 아름다움을 논할 자격이 없어요. 냉혹한 대지가 아주 짧은 순간(이런 시기는 불과 수천 년 이어졌을 뿐입니다.) 다정한 마음으로 길러 낸, 이 우아하기 이를 데 없는 생명체를 못 본 셈이니까요. 아, 진분홍 꽃이 방석처럼 만개한 디안투스무살라에를 여러분에게 보여 드릴 수만 있다면!

하긴 아무리 이런 얘기를 늘어놓은들 아무 의미도 없겠지요? 개인 암석 정원을 가꾸는 우리 종파가 아니라면 이런 특별한 황홀감은 누릴 수 없으니까요.

맞아요, 암석 정원을 가꾸는 사람은 원예가일 뿐 아니라 컬렉터이기도 합니다. 그러니 얼마나 증세가 심각한 열혈 애호가겠습니까. 여러분 집에 뿌리를 내린 캄파눌라모레티아나가 있다면 그에게 슬쩍 한번 보여 주세요. 그러면 그는 살인과 총질을 불사하고 냉큼 한밤중에 와서 화분을 훔쳐 갈 겁니다. 뿌리를 튼튼하게 내린 캄파눌라모레티아나 없이 한시도 더 살 수 없는데 어쩌겠습니까. 도둑질할 용기가 없거나 뚱뚱해서 도둑질도 못하는 처지라면, 아마 청승맞게 울면서 조그만 꺾꽂이 가지 하나만 달라고 애원하겠지요. 저런, 이게 다 여러분이 귀한 보물을 괜히 보여 주며 자랑한 탓입니다.

혹은 정원 가꾸는 사람이 우연히 꽃집에서 이름표가 없는 화분을 보게 될 수도 있겠지요. 초록빛 도는 순이 살포시 고개를 디밀고 있네요. 당연히 그는 앞뒤 가리지 않고 외치겠지요. "여기서 키우시는 이 식물이 뭡니까?"

"여기 이거 말씀이세요?" 당황한 꽃집 주인이 물을 겁니다. "캄파눌라 뭐라던데. 정확히 뭔지는 저도……"

"저한테 주십시오." 광적인 애호가는 짐짓 무심한 척하며 말합니다.

"싫어요." 꽃집 주인이 말하겠지요. "팔고 싶지 않습니다."

"이런, 선생님." 정원 가꾸는 사람이 말합니다. "제가 이 가게의 아주 오랜 단골인데 부탁합니다. 하나쯤 주신다고 뭐가 달라지겠어요?"

문제의 화분을 두고 한참 옥신각신 실랑이를 벌이는 와중에 캄파눌라를 안겨 주지 않으면 일주일은 물론이고 두 달이라도 눌러앉아 아무 데도 안 갈 사람이라는 뜻이 꽃집 주인에게 명확히 전달됩니다. 설득하고 꼬드기고 애원하며 컬렉터 역량을 총동원한 끝에 정원 가꾸는 사람은 캄파눌라를 고이 안고 집으로 돌아가게 됩니다. 그리고 정원에서 가장 좋은 자리를 골라 가없는 정성으로 심어 주지요. 날마다 물을 주고 애지중지 보살피자 캄파눌라는 대마처럼 무성하게 자라나게 됩니다.

"이것 좀 보세요." 뿌듯한 주인은 놀러 온 손님에게 자랑합니다. "희한하게 생긴 캄파눌라지요? 아직 정확한 품종은 밝혀지지 않았더군요. 과연 어떤 꽃이 필지 정말 궁금하다니까요."

"저게 캄파눌라라고요?" 손님이 묻습니다. "잎만 보면 고추냉이 같은데요?"

"그럴 리가요! 고추냉이라니요?" 주인은 반박합니다. "고추냉이는 잎이 훨씬 크다는 것도 모르세요? 저렇게 반들반들 윤이 나지도 않아요. 캄파눌라가 분명하다니까요. 다만……" 대답이 조금 겸손해집니다. "신품종이라서 그렇죠."

물을 흠뻑 줬더니 캄파눌라는 놀라운 기세로 쑥쑥 자라납니다. "그것 보시라니까요." 주인이 득의양양하게 으스댑니다. "전에 고추냉이라고 하시더니. 하지만 이렇게 잎이 반짝거리는 고추냉이를 본 적 있으세요? 이건 뭔가 거대한 캄파눌

58

라 품종일 거예요. 접시만큼 큼지막한 꽃을 피울 테죠."

드디어 하나뿐인 캄파눌라가 꽃대를 올리기 시작합니다. "⋯⋯흐음, 결국 이 녀석은 고추냉이였군. 어쩌다가 꽃집 화분에서 싹을 틔운 걸까?"

나중에 그때의 손님이 묻습니다. "그 초대형 캄파눌라는 잘 자랍니까? 이젠 꽃이 피었겠는데요?"

"아, 저런, 죽어 버렸지 뭡니까. 워낙 연약하고 까다로운 품종이라서요. 무슨 교배종이었던 모양이에요."

식물을 구하려면 늘 고생입니다. 묘목장에서는 3월에 주문한 모종을 잘 보내 주려 하지 않거든요. 한파도 걱정일뿐더러 미처 모종이 올라오지 않은 경우도 많다고 하지요. 하지만 4월에도 주문한 모종의 배송은 감감무소식입니다. 처리할 주문이 너무 많아서 일손이 딸린다나요. 그러더니 5월이 되자 모종이 다 팔렸다는 겁니다. "프리뮬러는 남은 게 없어요. 그 대신 딕탐누스를 보내 드릴게요. 그것도 노란 꽃을 피우거든요."

그러나 간혹 우체국에서 내가 주문한 모종을 정말로 배달해 주는 일도 일어납니다. 만세! 바로 여기 이쪽 화단에는 투구꽃이나 델피니움처럼 키가 큰 꽃을 심고 싶네요. 저기는 확실히 백선을 심을 자리가 맞아요. 배송된 모종들은 어째 좀 작긴 하지만 들불처럼 무성하게 자라날 겁니다.

그런데 한 달이 흐른 뒤에도 모종들이 별로 자라지 않았습니다. 아무리 봐도 몹시 짧은 풀처럼 생겼어요. 딕탐누스가 아니라면 디안투스라고 했을 거예요. 성장을 촉진하려면 물을 잘 줘야 합니다. 열심히 물을 줬더니, 어라, 여기 분홍색 꽃 같은 게 생겼네요.

"이것 좀 보세요." 정원의 주인은 전문가 손님에게 묻습니다. "이게 작은 딕탐누스 맞지요?"

"디안투스 말씀이시죠?"

"아, 그럼요, 디안투스요. 제가 말실수를 했네요. 이린 높은 여러해살이 가운데 딕탐누스가 있다면 좀 더 잘 어울릴 것 같아서요. 안 그래요?"

정원 가꾸기 안내서들은 하나같이 "모종은 씨앗에서 발아시키는 것이 가장 좋다."랄 겁니다. 그러나 씨앗과 관련해서라면 자연은 참 특이한 버릇이 있습니다. 씨앗을 심으면 아예 하나도 싹이 나지 않거나 반대로 엄청나게 많이 발아하는 게 자연의 법칙이거든요. '관상용 엉겅퀴가 여기 있으면 아주 예쁘겠어. 바늘엉겅퀴나 지느러미엉겅퀴 같은 게 좋겠는데.' 그런 생각이 들어서 씨앗을 한 봉지씩 삽니다. 파종하고 우후죽순 씨앗이 싹을 틔우자 몹시 즐거워합니다. 얼마 후에는 어린 모종을 옮겨 심어야 합니다. 탐스러운 모종 화분이 무려 160개나 생겨서 정원 가꾸는 사람은 몹시 행복합니다. 이처럼 씨앗을 발아시켜 모종을 키우는 게 역시 최선의 길이라면서요. 하지만 모종을 땅에 심어야 할 때가 오고야 맙니다. 이제 엉겅퀴 160그루를 어떻게 하지요? 손바닥만 한 땅뙈기만 눈에 띄어도 무조건 엉겅퀴 묘목을 꽂고 다녔는데 그래도 아직 130그루나 남았습니다. 아니 그게 무슨 말이에요? 그렇게 정성껏 키운 모종을 어떻게 쓰레기통에 버린단 말이에요?

"안녕하세요, 혹시 비늘엉겅퀴를 키우고 싶지 않으세요?
아주 예쁩답니다!"
"글쎄요, 뭐, 그럼 한번 키워 볼까요?"

천만다행으로 이웃이 서른 그루를 받아서 가져갔습니다.
보아하니 자기 마당에서 머리를 싸매고 심을 자리를 찾아 헤
매고 있군요. 이 길 따라 저기 있는 저 집과 길 건넛집도 아직
안 줬으니까, 뭐……
하지만 이 관상용 엉겅퀴는 육 척 장신보다 더 높이 자라
버리는데요! 저런, 뭘 가져갔는지 모르지만, 우리 이웃집에
신의 가호가 있기를.

은총의 단비

우리는 누구나 농부의 피를 조금씩은 물려받았나 봅니다. 바깥 창턱에 제라늄이나 해총을 놓고 키우지는 않더라도 말이죠. 일주일 내리 햇빛이 비치면 불안하게 하늘을 바라보며 서로 만날 때마다 인사를 나누게 되니까요.

"이거 비가 와야 할 텐데요."

"어서 비가 내려야 해요." 다른 도시 사람이 말합니다. "며칠 전 레트나[16]에 갔는데 날이 어찌나 건조한지 흙이 바삭바삭하더군요."

"기차를 타고 콜린[17]에 갔는데 가뭄이 끔찍했어요."

"시원하게 한바탕 비가 내려 줘야 할 텐데요."

"맞아요, 최소한 사흘은 내리 내려야 합니다."

16   프라하의 평원.
17   프라하에서 50킬로미터 떨어져 있는 도시.

하지만 도리어 뜨거운 태양만 연신 내리쬐고, 프라하는 땀을 줄줄 흘리는 인간들의 쿰쿰한 체취를 풍기게 됩니다. 트램을 메운 몸뚱어리들에서 후끈후끈 김이 오르고, 불쾌지수가 높아져 사람들의 성격도 나빠지죠.

"비가 오긴 올 것 같아." 땀을 주룩주룩 흘리며 누군가 말합니다.

"안 오면 큰일이 나겠어." 딴 사람이 않는 소리를 합니다.

"가뭄이 너무 심하다고." 또 다른 누군가가 투덜거립니다.

그러나 무더위는 한층 더 기승을 부리고 대기의 중압감은 쌓여만 갑니다. 하늘에서는 폭풍우의 징조가 으르렁거려도 지상과 인간에게 안식을 흩뿌려 주지는 않습니다. 그러나 또다시 먼 지평에서 폭풍이 일렁이고 습기를 흠뻑 머금은 바람이 거세지자, 아, 드디어 옵니다. 빗줄기가 도로에 부딪혀 쉭쉭 소리를 내자 흙이 크게 심호흡하는 소리가 들리는 것만 같습니다. 물이 꿀렁거리고 탁탁 튀고 토닥이고 창문을 때립니다. 수천 개의 손가락이 한꺼번에 튕기듯 경쾌한 빗소리가 들리고 빗방울이 맺혀 흐르고 빗물이 길에 고여 작은 물보라를 일으키면, 벅차게 기뻐서 환호성이 절로 나옵니다. 창밖으로 머리를 내밀고 하늘의 이슬로 적시고, 신이 나서 휘파람을 불고 소리를 질러 대며 길가에 세차게 흐르는 누런 빗물 속에 맨발로 서 있고 싶어져요. 은총의 단비, 그 서늘한 물의 쾌감이라니. 영혼의 멱을 감고 심장을 씻어 내는, 이 반짝이는 차가운 이슬. 극심한 더위 탓에 내가 그만 사악하고 나태한 존재로 탈바꿈했군요. 게으르고 무겁고 둔하고 물질적이고 이기적으로 변해 있었단 말입니다. 가뭄으로 쩍쩍 갈라지고 무거운 불쾌감에 짓눌려 질식하고 있었어요. 울려라, 빗방울을 환영하는 목마른 대지의 은빛 키스 소리. 펼쳐져라, 하늘을 나는 물의 베일이여, 넓게 펼쳐져 만물을 씻겨 주어라. 태양이 행하는 어떤 기적도 복된 단비의 경이에 비길 수 없으니. 흘러라, 거친 물살이여, 대지의 도랑을 휩쓸어라. 우리를 죄인처럼 구속하는 메마른 물질의 족쇄를 적셔 달라. 잠시나마 한숨 돌릴 수 있도록. 드디어 우리 모두 다시 한껏 숨 쉴 수 있습니다, 풀도, 나도, 흙도. 세상은 올바른 제자리를 찾습니다.

쉭쉭거리던 빗발은 누군가 끈이라도 잡아당긴 듯 일제히 멈춥니다. 땅은 은빛 수증기를 뿜으며 반짝이고, 찌르레기가 덤불에서 새된 울음소리를 내며 미친 듯 신나게 장난을 칩니다. 우리도 펄쩍거리며 춤이라고 추고 싶지만, 대신 모자를 벗고 밖으로 나가 대기와 대지에 스민 신선하고 반짝이는 습기를 크게 들이마십니다.

"기적처럼 비가 내렸군요." 우리는 서로를 보며 말합니다. "참으로 훌륭한 비였어요. 하지만 강수량이 좀 아쉽네요." "그럼요, 더 와야죠. 그래도 은총 같은 단비였어요."

반시간 후에 실 같은 가랑비가 또 내립니다. 이번에야말로 진짜 조용하고 멋진 비입니다. 소리 없이, 넓은 땅을 흠뻑 적십니다. 멋대로 튀기는 빗방울도, 씩씩거리며 흐르는 물살도 없습니다. 공기처럼 가볍고 소리 없는 비가 온화하게 내립니다. 고요한 빗방울아, 내 너를 단 한 방울도 헛되이 쓰지 않으마. 하지만 어느새 구름이 갈라져 가느다란 빗줄기 사이로 햇빛이 비치는군요. 빗줄기는 꺾이고 소나기는 잦아들고 대지가 텁텁한 습기를 호흡합니다.

"5월의 소나기가 제대로 내려 줬군요." 우리는 기분 좋게 말합니다. "이제 파랗게 녹음이 우거지고, 다 잘 자랄 겁니다."
"그래도 몇 방울만 더 내려 주면 좋겠는데, 그러면 참 딱 좋을 텐데 말이에요."

뙤약볕이 대지를 때리고 이글거리는 열기가 축축한 흙에서 피어오르자, 온실처럼 텁텁하게 안개가 낍니다. 하늘 한 모퉁이에서 또 폭풍우의 전조가 으르렁거리는군요. 뜨거운 습기를 크게 들이마시자, 묵직한 빗방울이 몇 개쯤 툭툭 떨어지고 어딘가 먼 땅으로부터 서늘한 비를 머금은 바람 한 줄기가 살랑 불어옵니다.

습한 공기 때문에 미지근한 목욕물에 들어앉아 있는 것처럼 몸이 축축 늘어집니다. 채 그치지 않은 빗물을 헤치고 걷다가, 하늘에서 뭉치고 있는 흰색과 회색 비구름을 바라봅니다. 온 세상이 사르르 녹아 보드랍고 따뜻한 5월의 소나기가 되어 내릴 것만 같습니다.

"조금만 더 와 주면 참 좋겠는데." 우리는 말합니다.

정원 가꾸는 사람의 유월

유월은 잔디를 깎아 건초를 만드는 시기입니다. 그렇지만 우리처럼 도시에서 작은 정원을 돌보는 사람들이 이슬 맺혀 반짝이는 어느 아침 일어나 거대한 낫을 갈고 셔츠를 풀어헤 치고 민요를 부르며 힘차게 낫을 휘둘러 영차영차 빛나는 수 풀을 벤다고 생각하면 큰 오산입니다. 우리 상황은 좀 다르거 든요. 누구나 당구대 바닥처럼 푸르고 카펫처럼 잔디가 빽빽 한 영국식 정원을 원하지요. 머릿속으로는 흠결 하나 찾을 수 없는 완전무결한 잔디밭, 벨벳처럼 매끄럽고 테이블 상판처 럼 반반한 잔디밭을 꿈꾼단 말입니다. 하지만 막상 봄에 보면, 우리 현실에서 영국식 정원이라고 해 봤자 민둥민둥 드러난 맨 흙, 민들레, 토끼풀, 진흙과 몇 군데에 거칠게 돋은 누런 잔 디 뗏장일 뿐입니다. 별수 있나요, 잡초부터 뽑아야지요. 엉거 주춤 주저앉아서 고약한 잡초를 꾸역꾸역 뽑고 나면 황량한 불모지만 남습니다. 벽돌 공장이 무색하게 휑하고, 얼룩말 한 무리가 무도회를 벌이고 자리처럼 짓뭉개진 몰골이라니까요. 물을 뿌려 줘도 볕을 받으면 땅이 쩍쩍 갈라지는 정원을 보며,

그럼에도 잔디 깎기는 해야 한다는 결심을 합니다.

일단 결심을 하면, 정원을 가꾼 이력이 짧은 사람은 가까운 교외로 나가서 어디 메마른 벌거숭이 강둑에 가서 앙상한 염소가 꼴 대신 나뭇가지나 테니스코트 네트를 잘근잘근 씹도록 풀어 두고 옆에 앉아 있는 할머니 한 분을 찾습니다. 그리고 싹싹하게 여쭤 보지요.

"할머니, 염소한테 맛있는 잔디를 먹이고 싶지 않으세요? 저희 집에 오셔서 원하시는 만큼 베어 가시면 됩니다."
"그럼 얼마 줄 거요?" 할머니는 잠시 사색에 잠겼다가 묻습니다.
"반 크라운 드리지요."
정원 가꾸는 사람은 집으로 돌아와 할머니가 낫을 들고 염소와 함께 찾아오기를 기다립니다. 하지만 아무리 기다려도 할머니는 코빼기도 비치지 않으시는군요.

그래서 정원 가꾸는 사람은 직접 낫과 숫돌을 사고 일을 남한테 맡기지 않겠노라 공언합니다. 손수 잔디를 깎아야 한다는 이야기죠. 그러나 낫이 무뎌서 그런지, 도시 잔디가 너무 질긴 건지, 아무튼 낫이 들지를 않는단 말입니다. 잔디를 일일이 손으로 잡고 밑동을 베어야 하는데, 그러다 뿌리째 뽑혀 버리기 일쑤입니다. 차라리 가위로 자르는 게 훨씬 빠르겠어요. 베고, 자르고, 뽑고, 우여곡절 끝에 잔디밭을 엉망으로 망쳐 버린 정원 가꾸는 사람은 손으로 잘린 풀을 긁어모아 작은 더미로 쌓아 두고는, 다시 일어나서 염소 키우는 할머니를 찾아갑니다.

"할머니, 염소 먹일 건초 필요하지 않으세요? 아주 깨끗하고 좋은 풀이 있습니다만……"

"나한테 얼마 줄 거요?" 잠시 생각해 본 할머니가 묻습니다.

"1실링 6펜스 드리지요." 정원 애호가는 이 말을 남기고 집으로 달려가 할머니를 기다립니다. 하지만 이번에도 할머니가 건초를 가지러 올 리는 없지요. 하지만 저렇게 멀쩡한 건초를 버리다니 무척 아까운데요, 안 그렇습니까?

하지만 결국은 청소부가 건초를 수거합니다. 게다가 작업비로 6펜스를 받아야겠다고 고집하는군요. "잘 아시잖습니까, 선생님. 이런 건 원래 우리 일이 아니란 말입니다."

경험이 쌓인 정원 애호가는 그냥 간단하게 잔디 깎는 기계를 삽니다. 바퀴 달린 물건인데 따발총 같은 소리가 나고 잔디밭 위로 밀면 사방으로 깎인 잔디가 날리는 것이 정말 즐겁고 신나는 물건이지요. 잔디 깎는 기계가 오면, 할아버지부터 손자까지 일가친척이 집에 모여 너나없이 잔디를 깎아 보겠다고 실랑이를 벌입니다. 탈탈한 기계를 밀고 돌아다니며 무성한 잔디를 깎는 기쁨이란. "잘 봐." 정원 가꾸는 사람은 자랑합니다. "내가 시범을 보일 테니까." 그리고 정비공과 쟁기질하는 농부가 한 몸에 깃든 자세로 근엄하게 마당을 돌아 보이겠지요.

"이제 내가 해 볼래." 식구 하나가 말합니다.

"나 조금만 더 하고." 가장의 권리를 주장하며, 또 탈탈거리며 잔디를 사방으로 날리며 돌아다닙니다. 경축해 마땅한 첫 건초 수확입니다.

"어때?" 정원 가꾸는 사람은 한참 잔디를 깎고 나서, 그제야 가족들에게 말합니다. "잔디깎이를 밀어 보고 싶지 않아? 괜찮은 일인데!"

"그렇겠지." 하지만 가족의 의욕은 이미 꺾였습니다. "그런데 오늘은 시간이 없네."

건초를 수확하는 시기에 폭풍우가 잦다는 사실은 잘 알려져 있습니다. 며칠째 적란운이 땅에서 뭉게뭉게 피어올라 하늘에 쌓이고 있군요. 타는 듯한 뙤약볕이 내리쬐고 불쾌지수도 높은데, 땅은 쩍쩍 갈라지고 개들은 악취를 풍깁니다. 농부는 애타는 마음으로 하늘을 올려다보며 비가 절실하다고 말하죠. 그러나 얼마 후 이른바 불길한 구름이 나타나고 거센 바람이 휘몰아치며 먼지와 모자와 찢긴 잎새를 날려 버립니다. 그러면 정원 가꾸는 사람은 머리칼을 흩날리며 정원으로 뛰쳐나오지요. 낭만주의 시인처럼 자연의 위세에 당당히 맞서려는 건 물론 아닙니다. 그저 바람에 흔들리는 게 있으면 무조건 묶어 주고 연장과 의자를 치우고 자연의 분노를 맞을 준비를 하려는 것뿐이지요.

델피니움 대를 묶어 주려고 헛수고를 하는데, 어느새 뜨끈한 첫 빗방울이 뚝뚝 떨어지기 시작합니다. 잠시 숨 막히는 침묵이 흐르더니 콰쾅! 지축을 울리는 천둥과 함께 무서운 폭우가 쏟아집니다. 현관 앞으로 달려 나가 비바람에 만신창이가 되어 버린 정원을 보니 심장이 내려앉습니다. 폭풍우가 절정으로 치닫자, 그는 물에 빠진 아이를 구하려는 사람처럼 뛰쳐나가 반쯤 꺾어진 백합을 묶어 주려 합니다. "하나님, 맙소사, 이게 웬 홍수람!" 이 와중에 우박이 우수수 떨어지더니 땅에 튕겼다가 더러운 물줄기에 휩쓸려 떠내려갑니다. 위대한 자연 현상은 인간의 심장에 숭고의 희열을 자아낸다지만 정원사의 심장에는 오로지 살려고 고군분투하는 꽃들에 대한 걱정만 가득하군요. 깊고 우렁찬 천둥소리와 함께 폭우는 차가운 빗줄기로 변하는가 싶더니, 곧 잦아들어 소나기가 됩니다. 정원 가꾸는 사람은 서늘한 정원으로 달려 나가 참사의 현장을 목도하고 절망에 빠집니다. 정원은 온통 모래로 뒤덮이고 붓꽃은 다 꺾이고 쓰러졌으며 화단은 완전히 짓뭉개졌으니까요.

첫 찌르레기가 다시 노래를 시작할 때 그는 울타리 너머 이웃을 큰소리로 외쳐 부릅니다. "아직도 강수량이 성에 차지 않네요. 나무들이 잘 자라려면 이 정도로는 턱도 없는데 말입니다."

다음 날 신문은 재앙에 가까운 집중 호우로 햇곡이 입은 피해를 보도합니다. 그러나 백합의 피해가 특히 컸다든가 숙근양귀비가 다 망가졌다는 이야기는 일언반구도 찾을 수 없습니다. 정원이나 돌보는 우리 같은 사람들은 역시 홀대받는다니까요.

일말의 효과라도 있다면, 날마다 무릎을 꿇고 이런 기도를 올릴 겁니다. "아, 주님, 어떻게든 매일매일 웬만하면 자정에서 새벽 3시 사이에 비를 내려 주시되, 되도록 부드럽고 따스하게 내려서 땅에 흠뻑 스미도록 해 주십시오. 다만 동자꽃, 알리숨, 돌장미, 라벤더를 비롯해 주님의 무한한 지혜로 아시다시피 과습을 싫어하는 화초에는 내리지 말아 주십시오. 원하신다면 제가 작은 쪽지에 그런 꽃들의 이름을 별도로 써서 드리겠습니다. 그리고 온종일 햇빛이 빛나게 하시되 모든 곳에 비추지는 않게 해 주십시오.(이를테면 조팝나무나 용담, 옥잠화, 철쭉은 피해 주십시오.) 뙤약볕이 심하게 내리쬐는 것도 안 됩니다. 이슬과 산들바람을 넉넉하게 내려 주시고, 지렁이는 많이 살아도 진딧물과 달팽이, 흰곰팡이는 얼씬도 못 하게 하시고, 일주일에 한 번 희석된 액상 비료와 부엽토가 하늘에서 떨어지게 해 주십시오. 아멘."

원래 에덴동산에서는 그랬단 말입니다. 아니라면 어떻게 그렇게 뭐든지 잘 자랐겠습니까?

진딧물이라는 말이 나왔으니 하는 말인데, 유월은 원래 초록색 진딧물을 박멸하는 달입니다. 가루, 조제약, 팅크[18], 추출물, 달인 약물, 훈증 소독약, 비소, 담배, 액상 비누, 기타 독극물 등등이 시중에 나와 있는데, 정원 가꾸는 사람은 장미 목에 붙은 통통한 초록색 진딧물이 눈에 띄게, 심각하게 늘어났다는 사실을 깨닫기 무섭게, 이런 방편들을 차례로 다 써 보게 됩니다. 적량을 정성껏 쓰면 장미가 무탈하게 참사를 피하고 살아남는 듯도 하지만, 아무래도 잎과 꽃봉오리가 시들시

18   동식물에서 얻은 약물 등을 에탄올과 섞어 쓰는 액제.

들해서 보면 결국 약을 피해서 도망친 진딧물들이 빽빽이 수 놓인 것처럼 가지 밑에 들러붙어 있기 일쑤지요. 뭐, 나중에 가지를 다 하나씩 걷어 보며 진딧물을(혐오감에 괴성을 질러 대면서) 짓이겨 죽여도 되긴 합니다. 그러면 진딧물을 박멸할 수 있지만, 정원 가꾸는 사람의 몸에 밴 담배 추출물과 그리스 냄새는 오래도록 사라지지 않는답니다.

텃밭 채소 키우기

이처럼 교훈이 깃든 사색을 읽어 내려가다가 갑자기 분통을 터뜨리는 독자들이 꼭 있습니다. "뭐라고! 이 인간은 먹을 수도 없는 식물 얘기만 늘어놓고, 당근, 오이, 콜라비, 고깔양배추, 콜리플라워랑 양파, 리크와 래디시는 아예 언급도 안하잖아. 셀러리, 차이브, 파슬리는 고사하고 잘생긴 양배추 한 통도 논하지 않는다니! 정원을 가꾼다면서 무슨 이런 사람이 다 있지! 반은 우쭐하는 허세로, 반은 무지로, 정원에서 자라는 가장 아름다운 식물을 죄다 빠뜨렸잖나! 이를테면 여기 이 양상추 말이야!"

이런 비난을 받으면 나는 삶을 살아오며 셀 수도 없이 여러 번 당근과 고깔양배추, 양상추와 콜라비의 텃밭을 가꿔 봤다고 답하고 싶습니다. 농부가 된 착각을 즐기고 싶은 낭만주의적 감정 탓이었지요. 그러나 머지않아 날마다 래디시를 하루에 120개씩 아삭아삭 씹어 먹어야 한다는 현실에 부딪히게 됐지요. 가족 중에 저 말고는 먹는 사람이 없으니까요. 다음 날은 고깔양배추에 깔려 죽을 지경이 되고, 곧이어 끔찍하게 질긴 콜라비를 질리도록 먹어야 했습니다. 양상추를 버리지 않으려고 삼시 세 끼 내내 양상추만 먹을 때도 있었어요. 텃밭에서 채소를 일구는 분들의 즐거움에 찬물을 뿌리려는 의도는 전혀 없어요! 그렇지만 채소는 키우면 먹어야 하잖아요. 장미를 뜯어 먹거나 은방울 꽃잎을 씹어 먹어야 한다면 그렇게 존중하는 마음을 품기 어려울 것 같단 말이지요.

게다가 정원을 가꾸는 우리에게 적은 이미 충분히 많이 있어요. 제비와 찌르레기, 아이들, 달팽이, 집게벌레, 진딧물. 혹시 애벌레에게도 전쟁을 선포해야 할까요? 흰나비와도 대적해야 할까요?

도시 사람은 누구나 가끔은, 하루 동안 독재자가 되면 어떨까 상상할 때가 있습니다. 나라면 그 하루 동안 수천 가지 명령을 내리고 수천 가지를 새로 창설하고 수천 가지를 억압할 겁니다. 하지만 무엇보다 산딸기 칙령을 공포할 겁니다. 울타리 근처에 산딸기를 심는 행위를 엄중하게 금지하고, 이를 어기는 자는 오른손을 자르는 형벌에 처할 거예요. 대체 정원 가꾸는 사람이 무슨 죄를 지었기에, 옆집 정원에서 날아온 고약한 산딸기가 철쭉 한가운데에서 싹을 틔우는 벌을 받아야 하는 거죠? 이놈의 산딸기들은 땅 밑에서 수킬로미터 반경으로 퍼진단 말입니다. 울타리도 벽도 참호도 심지어 가시철망이나 경고문도 산딸기를 막을 수는 없어요. 못된 산딸기는 카네이션이나 달맞이꽃 화단 한가운데 떡하니 자라난다고요, 저것 좀 보세요! 게다가 산딸기는 한 알도 남김없이 진딧물에 썩어 시커멓게 변하지 않습니까. 고약한 산딸기들은 꼭 화단 한가운데서 싹을 틔운다니까요. 그러면 잘 익은 산딸기처럼 생긴 혹 덩어리가 뻔뻔하게 자라난단 말입니다. 품격과 인덕을 갖춘 원예가라면 울타리 근처에 산딸기는 물론이고 마디풀, 해바라기, 여타 이웃의 사유지를 범접할 만한 식물은 아예 심지 않는 게 예의지요.

물론 이웃을 기쁘게 하고 싶다면야 울타리를 따라 멜론을 심으면 됩니다. 언젠가 우리 옆집 정원에서 자란 멜론이 우리 쪽 울타리에 열매를 맺었는데, 가나안의 과실처럼 실하고 그야말로 어마어마하게 기록적으로 컸어요. 출판업자며 시인이며 심지어 대학 교수들까지 어떻게 저렇게 거대한 열매가 울타리 사이로 비집고 들어왔는지 이해가 안 된다며 혀를 내둘렀지 뭡니까. 멜론은 머지않아 다소 흉한 몰골로 변했어요. 우리가 벌칙으로 조각조각 잘라 먹었거든요.

정원 가꾸는 사람의 7월

    7월에 정원 가꾸는 사람은 불변의 법칙에 따라 장미를 접붙여야 합니다. 보통은 다음 순서로 진행되지요. 먼저 접붙일 브라이어나 야생 장미, 스토크를 준비합니다. 그리고 장미 접순을 아주 많이 마련해 놓고 마지막으로 접붙이기용 칼을 준비하세요. 재료가 모두 갖춰지면 엄지 끝으로 칼날이 날카로운지 한번 시험해 봅니다. 칼날이 날카롭게 갈려 있다면 엄지를 벨 테고, 피가 철철 나는 상처가 생길 거예요. 상처를 붕대로 몇 번 둘둘 싸매면, 손가락에서 통통하고 커다란 새순이 돋아날 겁니다. 이런 게 장미 접붙이기랍니다. 브라이어를 구하기 어려우면 꺾꽂이용으로 가지를 자른다거나 곁가지를 다듬는다거나 말라 죽은 꽃을 떼거나 덤불 가지치기를 하는 등 다른 일을 할 때도 이와 비슷한 결과를 얻을 수 있습니다.

    장미 접붙이기를 마치면 정원 가꾸는 사람은 그새 덩어리져 딱딱하게 굳은 화단의 흙을 또 갈아엎어 줘야 한다는 사실을 깨닫게 됩니다. 이 일은 일 년에 여섯 번쯤 하는데, 그때마다 믿기지 않을 만큼 어마어마한 양의 돌이며 쓰레기가 나와요. 그럼 땅에서 모조리 파내서 내버려야 합니다. 돌멩이도 무슨 씨앗이나 알에서 자라는 게 틀림없습니다. 아니면 신비스러운 지구 내부에서 끊임없이 솟구쳐 올라오는 걸까요. 대지가 땀을 흘리는 대신 돌멩이를 발산하는지도 모릅니다. 정원 흙(경작토라고도 하죠.)을 구성하는 재료에는 흙, 퇴비, 부엽토, 토탄, 돌멩이, 유리조각, 머그, 깨진 접시, 손톱, 철사, 뼈, 후스파의 화살, 초콜릿을 싸는 은박 껍질, 벽돌, 오래된 농전, 낡은 파이프, 판유리, 작은 거울, 해묵은 라벨, 양철, 끈, 단추, 밑창, 개똥, 숯, 냄비 손잡이, 대야, 행주, 병, 슬리퍼, 우유 깡통, 버클, 편자, 잼 깡통, 단열재, 신문지가 있고, 그 밖에도 정원을 갈아 엎을 때마다 차마 헤아릴 수도 없는 온갖 것들을 화단에서 발굴하게 됩니다. 이러다간 언젠가 튤립 꽃밭에서 미국식 가스 레인지, 아틸라[19]의 무덤, 고대 로마의 예언집을 발굴하게 될지도 몰라요. 경작토를 파다 보면 안 나오는 게 없으니까요.

　하지만 7월의 걱정거리는 주로, 정원에 물을 대고 뿌려 주는 일이지요. 정원 가꾸는 사람이 물뿌리개를 쓰자면 운전자가 주행 거리를 추적하듯 세심하게 물뿌리개의 숫자를 헤아리게 됩니다. "아하." 그리고 신기록을 달성한 사람처럼 자랑스럽게 선언합니다. "오늘은 양동이 사십오 개를 돌파했군." 시원한 물이 쌕쌕 바람을 가르며 바싹 마른 흙 위로 물보라를 뿜을 때 느끼는 희열이 얼마나 큰지, 여러분은 아마 꿈에도 모

19　5세기 훈족의 왕으로, 그의 장례를 치른 이들이 모두 살해되면서 아틸라의 무덤 위치는 밝혀지지 않았다.

르겠지요. 저녁에는 물방울이 꽃과 잎에 맺혀 반짝이지요. 달콤한 이슬을 반가이 맞아 주렁주렁 달고는 축축 늘어지는 꽃잎이라니. 정원 전체가 습기를 머금고 갈증을 달랜 여행자처럼 한숨을 돌립니다. "아아." 여행자는 수염에 맺힌 거품을 소매로 훔치며 말하지요. 목마름은 지옥처럼 끔찍했습니다. "주인님, 한 잔만 더 주십시오." 그러면 정원 가꾸는 사람은 달려가서 이 7월의 가뭄을 해소하기 위해 물 한 양동이를 더 길어옵니다.

수전과 호스가 있다면 물론 훨씬 빨리, 대량으로 급수할 수 있습니다. 상대적으로 짧은 시간 내에 화단뿐 아니라 잔디밭과 티타임을 즐기는 옆집 가족, 지나치는 행인들, 집 안, 온 가족을 흠뻑 적실 수 있습니다. 우리야 물론 머리부터 발끝까지 홀딱 젖겠지요! 수전에서 분사되는 물줄기는 기관총에 버금가는 효율적 성능을 자랑합니다. 삽시간에 땅바닥에 참호를 팔 수도 있고, 여러해살이를 모조리 꺾어 버릴 수도 있고, 나무의 우듬지를 뽑아 버릴 수도 있더군요. 노즐을 맞바람에 대고 분사하면 아주 시원하게 기분 전환이 됩니다. 쏟아져 내리는 물벼락에 속옷까지 흠씬 젖어 버리는데, 무슨 수치료법 같지요. 호스는 특히 중간에, 전혀 예상조차 하지 못했던 자리에 구멍을 내는 경향이 있답니다. 땅바닥에서 호스가 뱀처럼 몸을 뒤틀며 반짝이는 물살을 뿜어낼 때면 물의 신처럼 망연자실하게 서서 구경할 수 있어요. 그야말로 압도적인 장관이랍니다. 속살까지 속속들이 물에 젖으면, 그때는 자신 있게 충분히 정원에 물을 주었노라고 선포하고 몸을 말리러 갈 수 있어요. 그러나 정원은 금세 으악! 소리를 내고는 눈 깜짝할 사이 뿌려 준 물을 홀딱 다 마셔 버리고 예전과 다름없이 메마르고 건조한 상태로 돌아가고 말죠.

독일 철학자들은 조야한 현실은 단순히 존재하는 데 불과하고, 더 높은 도덕률은 당위, 즉 마땅히 그렇게 되어야 하는 상태라고 주장합니다. 그래서 그런지 특히 7월이 되면 정원 가꾸는 사람은 이 고차원의 당위를 순순히 인정합니다. 마땅히 그렇게 되어야 하는 상태를 아주 잘 알기 때문이지요. "한번 비가 퍼부어 줘야 해요." 정원 가꾸는 사람은 정원 가꾸는 사람답게 말합니다.

보통은 이런 식으로 일이 벌어집니다. 소위 생명을 주는 햇빛이 기온을 50도 가까이 올려놓습니다. 그러면 가뭄과 땡볕에 풀이 노랗게 마르고 잎은 시들고 가지는 늘어지지요. 땅이 갈라지고 열기에 구워져 돌처럼 굳어지거나 타는 듯 뜨거운 흙먼지로 바스러지면, 그때 언제나……

1. 호스가 터져서 정원 가꾸는 사람이 물을 줄 수 없게 됩니다.
2. 펌프에 문제가 생겨서 물이 나오지 않고, 결국 펌프 자체가 달궈져서 시뻘겋게 달아오른 도가니 속처럼 변해 버립니다.

그럴 때 정원 가꾸는 사람은 자기 땀방울로라도 흙을 적셔 보려 하지만 당연히 헛수고입니다. 작은 잔디밭에 물을 주려면 얼마나 되는 땀을 흘려야 할지 상상을 해 보세요. 마찬가지로 욕을 하고 저주를 퍼붓고 신성 모독을 하고 야만적으로 침을 뱉어도 아무 소용이 없답니다. 아무리 입에 잔뜩 침을 머금고 정원으로 달려가도(한 방울이라도 물이면 다 쓸모가 있다고!) 허사예요. 그러면 정원 가꾸는 사람은 결국 고차원의 당위 앞에 무릎을 꿇고 숙명론자가 되어 말합니다. "우리한테는 소나기가 필요해."

"이번 여름에 자네는 여름 휴가를 어디로 갈 건가?"

"모르겠네. 하지만 비가 내려야 하는데."

"자네 맥도날드 씨의 사임을 어떻게 생각하나?"

"반드시 비가 와야 한다고 생각하네."

"맙소사! 아름다운 11월의 비를 생각해 보란 말일세. 나흘, 닷새, 엿새, 차가운 가랑비가 조용히 내리는 거야. 싸늘한 회색에 뼛속까지 스며들어서……"

아까도 말했지만, 반드시 비가 내려 줘야 합니다.

장미, 플록스, 헬레니움과 큰금계국, 글라디올러스, 캄파눌라, 투구꽃, 금불초, 꽃범의꼬리꽃, 그리고 마거리트. 하나님, 감사합니다! 이런 피폐한 조건에서도 충분히 꽃이 피었어요! 언제나 피는 꽃이 있으면 지는 꽃이 있기 마련이지요. 언제나 시든 대를 잘라 주면서 "이게 끝이구나." 하고 속삭여야 한단 말입니다.(제가 아니라 꽃한테 말입니다.)

저 꽃들을 보세요. 진정 여인과 같지 않습니까. 너무나 아름답고 싱그러워서, 영원토록 바라보아도 그 모든 아름다움을 눈에 담을 수 없을 것만 같아요. 아쉽지만 언제나 놓쳐 버리는 게 있기 마련이지요. 아, 봐도 봐도 아쉬운 그 탐스러운 아름다움이 시들기 시작하면, 어느 순간(꽃을 말하는 겁니다.)

단장을 그만두고, 가혹하게 말하자면 넝마 같은 몰골이 되어 버립니다.

안타까워라, 내 아름다운 것(꽃 얘기를 하는 겁니다.), 시간이 이토록 덧없다니. 아름다움은 끝이 나고 오로지 정원 가꾸는 사람만 남는구나.

정원 가꾸는 사람의 가을은 3월에 시삭된답니다. 첫 설강화가 시들어 떨어지는 순간에 말입니다.

식물학 챕터

잘 아시겠지만 식물은 원산지와 발견된 장소, 울창하게 자라는 지역에 따라 빙하 식물군과 스텝 식물군, 북극 식물군, 지중해 식물군, 아열대 식물군, 늪지대를 비롯한 여타 다른 지역의 식물군으로 분류됩니다.

자, 식물에 관심이 있다면 아마도 잘 아실 텐데, 어떤 종은 커피하우스에서 잘 자라고 또 다른 종은 또 돼지 잡는 푸줏간에서 잘 자라지요. 기차역에서도 잘 자라는 종이 있는가 하면 철도 신호소에서 잘 자라는 식물도 있습니다. 아마 자세히 비교 조사를 해 보면 천주교도의 창밖에서 번창하는 식물군과 무신론자와 자유사상가의 창밖에서 잘 자라는 식물군이 따로 있다는 사실이 밝혀질지도 몰라요. 실제로 토큰 가게 창턱에는 조화만 자라지 않습니까. 하지만 식물 지리학은 뭐랄까, 아직 강보에 싸인 어린아이처럼 신생 학문이니 우리는 뚜렷하게 구분되는 식물군에 집중하도록 하지요.

1. 철도역의 식물군에는 두 가지 하위 분류 집단이 있습니

다. 플랫폼의 식생과 역장의 정원에 서식하는 식생이지요. 플랫폼에는 보통 바구니에 걸려 있지만 가끔은 코니스[20]나 역사 창턱에 놓여 있을 때도 있습니다. 네스트리움, 로벨리아, 제라늄, 페튜니아, 베고니아들이 특히 많이 발견되고, 홍죽은 규모가 큰 역사에서만 찾아볼 수 있어요. 철도 역사의 식생은 유별나게 탐스럽고 색이 화려한 꽃을 피운다는 특징이 있지요. 역장의 정원은 그렇게 식물학적 특성이 두드러지지는 않아요. 장미, 물망초, 로벨리아, 허니서클을 비롯해 사회학적으로 뚜렷이 구별되지 않는 꽃들이 주로 보여요.

2. 철도의 식물군은 신호수의 정원에서 자랍니다. 접시꽃이라고도 불리는 알테아와 해바라기꽃이 있고, 더불어 금련화, 넝쿨장미, 달리아, 가끔은 애스터도 보이지요. 잘 아시겠지만 대체로 울타리 쪽으로 뻗어 자라는 식물들이고 가끔은 지나치는 기관사의 기운을 북돋아 주기도 할 겁니다. 야생 철도 식물군은 철로 옆의 둑에서도 자랍니다. 여기에는 돌장미, 금어초, 우단담배풀, 캐모마일, 버글로스, 야생 타임이 포함되지요.

3. 푸줏간의 식물군은 푸줏간 창턱이나 해체된 동물의 사체, 햄, 양고기와 소시지 사이에서 자랍니다. 이 식물군에 포함되는 종은 극소수에 불과한데, 특히 식나무, 아스파라거스, 여러 선인장, 기둥선인장, 성게선인장 등을 꼽을 수 있습니다. 돼지 잡는 푸줏간에서는 아라우카리아를 볼 수도 있고, 간혹

---

20   서양식 건축 벽면에 수평의 띠 모양으로 돌출시키는 장식.

화분에 심은 프리뮬러도 눈에 띄지요.

4. 펍의 식물군에는 정문 앞의 협죽도 한 쌍과 창턱에 두는 엽란이 포함됩니다. 이른바 코티지 런치를 전문으로 내는 펍은 창턱에 시네라리아를 놓아두지요. 레스토랑에서는 홍죽, 필로덴드론, 잎이 넓은 베고니아, 각종 콜레우스, 란타나, 고무나무 등 기자들이 "연단 위로 푸르른 열대 식물이 울창하게 우거져 있었다."라고 묘사하는 종들을 볼 수 있습니다. 그런가 하면 커피하우스에서 번창하는 식물은 기껏해야 엽란뿐인데, 막사의 테라스에서는 로벨리아, 페튜니아, 달개비, 심지어 월계나무와 담쟁이까지도 풍성하게 자란답니다.

제 경험에 따르면 빵집과 총기 제작소에서 뿌리를 내리는 식물은 단연코 한 품종도 없습니다. 자동차와 농기구를 파는 가게나 대장장이, 모피 가공업자, 문구점, 모자 가게를 비롯한 여러 상점에서도 서식하는 식물군이 없다고 하지요. 사무실 창가에는 아예 아무것도 없거나 빨강과 흰색 제라늄만 자라는데, 일반적으로 사무실의 식생은 서무나 주임의 호의에 전적으로 의존해 서식합니다. 여기에도 뭔가 전통이 유구한 모양입니다. 철도 근처에서는 식물군이 울창하게 우거지지만 우체국이나 전신국 근처에는 아무것도 자라지 않거든요. 식물학인 관점에서 보면 지방의 자치 행정부가 정부 청사보다 훨씬 비옥하지만, 그 와중에 토지세를 담당하는 관청은 완전히 사막과 같답니다. 묘지 식물군도 물론 그 자체로 식물학적 분류의 한 단위입니다. 그리고 축제의 식물군도 따로 있지요. 이 식물들은 각 축제가 기리는 인물의 석고 흉상을 에둘러 자라납니다. 협죽도, 월계나무, 종려나무, 그리고 최악의 경우에는 엽란도 여기 들어갑니다.

창가의 식물군으로 말하자면 두 가지 종류가 있습니다. 가난한 식물과 부유한 식물이죠. 가난한 사람들과 함께 사는 식물군이 대체로 훨씬 잘 자랍니다. 어차피 부자들 옆에서 자라면 일 년밖에 못 살고 죽는단 말이에요. 일 년에 한 번씩 부자들이 휴가를 가 버리기 때문이지요.

다양한 식물 서식지에 풍요롭게 자라나는 식물군은 이 밖에도 무한히 많습니다. 언제 시간이 되면 푸크시아를 키우는 사람들은 어떤 부류인지, 패션플라워는 누가 키우는지, 어떤 직업군에서 선인장 열혈 팬이 가장 많이 나오는지…… 연구하고 싶은 주제들이 많이 있습니다. 어쩌면 특별히 공산주의적인 식물군이나 자유당의 식물군이 앞으로 따로 발달할지도 모릅니다. 하긴 이미 있을지도 모르겠군요. 이 세상이 품은 값진 보화가 너무나 많습니다. 소상공인이라면 누구나, 또 정당들도 얼마든지 각자에게 알맞은 고유한 식물을 택할 수 있으니까요!

정원 가꾸는 사람의 8월

8월은 보통 아마추어 정원사들이 경이로 가득한 자신의 정원을 내팽개치고 휴가를 떠나는 달입니다. 한 해 내내 올해는 아무 데도 가지 않겠다는 말을 입에 달고 살면서, 세상의 모든 여름 리조트보다 정원이 훨씬 더 중요하며 정원을 가꾸는 자기 같은 사람은 기차를 비롯해 온갖 귀찮은 일들에 시달리는 바보가 될 수는 없다고 장담해 왔지요. 그러나 여름이 무르익으면 결국 그마저 도시를 버리고 떠나게 됩니다. 유목민의 본능이 깨어났기 때문일 수도 있지만, 이웃들이 쓸데없는 소리를 떠드는 게 싫어서일 수도 있겠지요. 어쨌든 그는 정원 걱정으로 무거운 마음을 안고 휴가를 가게 됩니다. 하지만 그 사이 정원을 돌봐 줄 친구나 친척을 찾을 때까지는 못 떠난다고 버티겠지요.

"이보게, 지금은 정원에서 할 일이 정말 하나도 없다니까. 사흘에 한 번씩 와서 쓱 한번 둘러봐 주면 되는 거야. 군데군데 좀 살펴보다가 이상하다 싶으면 나한테 엽서를 보내라고,

한달음에 올 테니까. 그럼 자네만 믿고 가도 되겠지? 아까 말했듯이, 휙 둘러보는 데 오 분이면 충분하다네."

그 말을 남기고, 그는 순순히 부탁을 들어주는 친구에게 정원을 맡기고 휴가를 떠나지요. 다음 날 친구는 한 통의 편지를 받게 됩니다.

깜박 잊고 말을 안 했는데 정원에 하루도 빠짐없이 물을 줘야 한다네. 물 주기 가장 좋은 시간은 새벽 5시와 지녁 7시경이야. 사실 별로 일이라고 할 것도 없지. 수전에 호스만 꽂고 몇 분쯤 물을 틀어 놓으면 되니까. 부탁인데 침엽수들은 잎까지 흠뻑 물을 뿌려 주면 좋겠고 잔디밭도 잊지 말게, 알겠지? 잡초가 보이면 뽑아 버리면 그만이야. 그게 다라네.

하루가 지나고 또 옵니다.

날씨가 지독하게 건조하군. 미지근한 물을 양동이에 받아서 철쭉 한 그루에 두 통씩 물을 줄 수 있겠나? 침엽수는 한 그루에 다섯 통, 다른 나무들은 네 통씩은 물을 줘야 한다네. 여러해살이가 지금 한창 꽃을 피울 텐데, 반드시 물을 흠뻑 넉넉하게 줘야 한다네. 담장에 어느 꽃이 피었는지 꼭 알려 주게. 시든 꽃대는 꼭 잘라 줘야 하네! 자네가 괭이를 갖고 와서 화단 흙을 한 번 쫙 풀어 주면 좋을 텐데. 그러면 흙이 훨씬 수월하게 숨을 쉬거든. 장미에 진딧물이 끼면 담배 추출물을 사서 빈 주사기에 넣어서 이슬이 마르기 전에, 아니면 비가 내린 직후에 뿌려 주게. 그러면 당장 더 할 일은 없어.

사흘째.

깜박 잊고 말을 안 했는데 잔디를 깎아야 해. 잔디깎이를 쓰면 식은죽먹기고, 기계로 깎이지 않는 부분은 원예 가위로 잘라 주면 된다네. 하지만 조심하게! 잔디를 깎고 나면 갈퀴로 잘 긁어 주고, 꼭 빗자루로 쓸어 줘야 한다네! 안 그러면 잔디밭에 듬성듬성 빈 데가 생기거든! 아, 물도 주고! 아주 흠뻑 줘야 한다네!

나흘째.

폭풍이 불어닥치면 달려가서 내 정원을 좀 돌봐 주게, 부탁이야. 폭우에 피해를 입을 수도 있으니 현장에 사람이 있는 게 좋거든. 장미에 곰팡이가 슬면 이슬이 마르지 않은 새벽에 유황 결정을 뿌리면 되네. 키 큰 여러해살이는 버팀목에 묶어 줘야 바람이 불어도 꺾이지 않아.

이곳은 눈부시게 아름답다네. 버섯들이 자라고 수영을 하기에도 환상적으로 훌륭해.

날마다 집 근처의 개머루에 물 주는 것 잊지 말고, 그쪽은 너무메말랐어. 그리고 꽃양귀비 씨앗 한 봉만 받아 주게. 자네가 잔디는 벌써 깎았기를 바라네. 다른 건 별달리 할 필요 없지만, 집게벌레만은 박멸해야 하네.

닷새째.

여기 숲속에서 캐낸 식물 한 궤짝을 보내네. 여러 가지 난초와 야생나리, 할미꽃, 노루발풀, 노루삼, 아네모네 뭐 그런 것들이야. 이 궤짝을 받는 즉시 열어서 모종을 적셔 주고 어디 그늘진 곳에 심어 주게! 토탄과 부엽토를 흙에 섞어 주고! 받는 즉시 땅에 심고 하루에 세 번 물을 줘! 부디 장미 곁가지를 쳐 주기 바라네.

엿새째.

특송으로 시골의 식물이 든 상자를 하나 보내네…… 당장 땅에
뿌리를 내려야 해…… 밤이 되면 등불을 들고 정원에 들어가서 달
팽이를 몽땅 잡아 주게. 통로의 잡초를 뽑아 주면 더 좋고. 우리 집
정원을 돌봐 주는 일이 자네 시간을 너무 많이 잡아먹지는 않았으
면 좋겠군. 자네가 일을 즐긴다면 더할 나위 없고.

그사이 순순히 부탁을 들어준 친구는 막중한 책임을 의식
하고 물을 주고 잔디를 깎고 흙을 갈고 잡초를 뽑고 모종 상자
를 들고 헤매며 대체 어디 심어야 하나 고민하고 땀을 흘리면
서 진흙투성이가 돼 가겠지요. 하지만 여기를 보면 빌어먹을
식물이 시들시들 말라 죽어 가고 저기를 보면 또 줄기가 꺾여
있고 잔디밭은 몰골이 추레해져 있으니 경악할 노릇입니다.
무슨 영문인지 정원 꼴이 전반적으로 볼품없어져 있으니, 이
런 짐을 짊어진 그 순간을 저주하고 싶을 뿐이지요. 그래서 그
는 하루빨리 가을이 오기만을 기도하게 됩니다.

한편 정원의 주인은 주인대로 꽃과 잔디만 생각하면 마음
이 불편해 잠을 이루지 못하고, 순순히 부탁을 들어준 친구가
날마다 편지에 정원의 상태를 소상히 써서 보고하지 않는 게
못마땅합니다. 돌아갈 날만 헤아리면서 이틀에 한 번씩 야외
의 식물을 캐서 십여 가지 긴급한 명령을 담은 편지와 함께 친
구에게 부칩니다. 그리고 드디어 집으로 돌아온 그는 짐을 손

에 든 채로 정원으로 달려 나가 물기 어린 눈으로 주위를 둘러
봅니다.

'이런 멍청이, 천치, 바보 같으니라고.' 그는 쓸쓸하게 생
각합니다. '내 정원을 엉망진창으로 만들어 놨잖아!'

"고마웠네." 그는 친구에게 쌀쌀하게 인사하고, 질책의 화
신이 되어 친구의 손에서 호스를 홱 빼앗아 그간 홀대받은 정
원에 물을 줍니다. (저 우둔한 녀석, 그는 진심으로 치를 떱니다. 뭘
믿고 맡길 수가 있어야지! 평생 내가 다시 휴가를 가면 멍청이 바보 천
치다.)

야생의 식물을 보면, 열혈 정원 애호가는 어떻게든 파내
서 자기 정원에 옮겨 심고 싶어 안달이 납니다. 하지만 다른
자연물들…… 그것도 쉬운 일이 아니지요.

'젠장!' 정원 가꾸는 사람은 마테호른이나 게를라호프스
키 산[21]을 봐도 '내 정원에 이 산을 옮겨 놓으면 얼마나 좋을
까? 저 거대한 고목이 울창한 작은 숲과 저 숲속 빈터, 여기 흐
르는 냇물, 아니 하다못해 이 호수라도. 저 싱그러운 초원도
우리 집 정원에 있으면 보기 좋을 텐데. 아니 바닷가 모래사
장이나 고딕 수도원의 폐허도 근사하겠지!' 이런 생각을 한단
말입니다. '여기에는 저 늙은 피나무를 심으면 좋겠고, 고색창
연한 분수도 썩 잘 어울리겠어. 아예 수사슴이나 샤무아 영양

---

21   슬로바키아 북부에 위치한 고산.

을 한 무리 풀어놓을까, 안 되면 최소한 저 포플러 고목이 늘어선 가로수 길만이라도. 저기 저 바위와 이 강과, 저 삼나무 숲과 거품이 보글보글 이는 폭포, 아니 적어도 이 호젓하고 녹음이 우거진 골짜기만이라도……'

악마가 무슨 소원이든 들어줄 테니 영혼을 팔라고 한다면 정원 가꾸는 사람은 기꺼이 영혼을 팔 테고, 불쌍한 악마는 그 영혼 값을 아주 단단히 치러야 할 겁니다. "이 불쌍한 인간아." 악마는 참다 참다 포기하고 말하겠지요. "이렇게 노예처럼 나를 부릴 거면, 차라리 낙원으로 꺼져 버려라. 어차피 네놈한테 어울리는 곳은 거기뿐이야." 짜증이 나서 꼬리를 철썩철썩 휘두르다가 악마는 피버퓨와 헬레니움 화분을 쓰러뜨리고 제 볼일을 보러 가 버릴 겁니다. 그러면 정원 가꾸는 사람만 홀로 남아 방탕하고 끝 모를 욕망을 달래야 하겠지요.

앞으로 하는 이야기는 사과밭 주인이나 채소를 길러 시장에 내다 파는 농부가 아니라 진짜로 정원을 가꾸는 사람들에 해당된다는 사실을 이해해 주십시오. 과수원 주인은 8월이면 사과나무, 배나무를 보고 만면에 웃음을 띠고 농부는 초인간적으로 쑥쑥 크는 콜라비와 페포호박, 셀러리를 보고 즐거워하겠지요. 하지만 정원을 가꾸는 사람은 8월이면 이미 반환점을 돌아야 한다는 실감이 뼈저리게 파고듭니다. 만개했던 꽃들은 금세 시들어 버리고 가을의 과꽃과 국화가 곧 피고 나면 이제 안녕, 잘 자라! 인사를 해야 할 때가 온 거지요.

그래도 너, 반짝반짝 플록스야, 목사관 정원에 피는 너, 황금빛 세네키오와 양미역취, 금빛 루드베키아와 하팔리움, 금빛 해바라기, 너와 나는 아직 쓰러지지 않을 거야, 우리는 풀 죽지 않아! 사시사철 봄날이고 인생은 처음부터 끝까지 젊음이란다. 언제나 개화하는 꽃은 있게 마련이지. 가을이란 그저 말에 불과해. 우리는 이제 다른 방식으로 꽃을 피우는 것뿐이지. 땅속에서 성장하고 새로운 순을 틔울 거야. 그리고 언제나 뭔가 할 일이 있을 거란다. 호주머니에 손을 찔러 넣고 방관하는 사람들은 이제 악화일로라고 하겠지. 그러나 꽃을 피우고 열매를 맺는 자는, 심지어 11월이라도 가을을 모르고 오로지 황금빛 여름만을 알지. 부패는 모르고 발아를 안다. 가을의 과꽃아, 소중한 내 친구야, 일 년은 길고 기니 너는 그 끝을 볼 수 없을 거란다.

선인장 숭배에 관하여

그들을 군이 종파라고 표현하는 이유는 뜨거운 열정으로 선인장을 기르기 때문이 아닙니다. 그야 정열, 기벽, 혹은 광적인 사랑 탓이라고 할 테니까요. 종파의 핵심은 무언가를 열렬하게 사랑한다기보다 열렬하게 신봉한다는 데 있거든요. 선인장 숭배자 중에는 대리석을 빻은 가루라야 한다는 사람도 있고 벽돌 가루를 신봉하는 사람도 있으며 숯을 맹신하는 사람도 있습니다. 물을 좋게 보는 사람이 있는가 하면, 절대 안 된다며 거들떠보지도 않는 이들도 있지요. 선인장을 받드는 자라면 결단코 발설하지 않을 진정한 선인장 경작토의 심오한 비밀도 있답니다. 아마 바퀴에 매달고 고문을 해도 저들의 입을 열지 못할 겁니다. 노골적으로 열광하거나 조용히 은둔하는 선인장 마니아들을 비롯해 이처럼 난무하는 종파와 의식과 제례와 학파와 결사들은 모두 하나같이 기적적인 결과를 낳으려면 반드시 자기네들의 비법만을 써야 한다고 맹세한답니다.

이 에키노칵투스미리오스티그마를 좀 보세요. 이런 에키노칵투스미리오스티그마를 어디서 본 적이 있으세요? 아무한테도 발설하지 않는다는 조건으로 저만의 비결을 알려 드리지요. 물을 그냥 주는 게 아니라 뿌려 줘야 해요. 그게 바로 선인장이 바라는 바예요.

뭐라고! 또 다른 선인장 재배자가 호통을 치겠지요. 에키노칵투스미리오스티그마에 물을 뿌리라니, 대체 누가 그런 헛소리를 합니까? 정수리에 한기가 들어서 감기에 걸리면 어쩌려고요? 이런, 선생님, 소중한 에키노칵투스를 썩혀서 죽이고 싶지 않으시면 꼭 일주일에 한 번씩, 화분째로 섭씨 23.789도로 데운 미지근한 물에 담가 줘야만 합니다. 그러면 순무처럼 튼튼하게 자란다니까요.

맙소사! 저런 살인자를 봤나! 세 번째 선인장 재배자가 벌떡 일어나 외칩니다. 화분을 물에 넣어 관수하면 미세 녹조류에 온통 뒤덮일 거요. 흙이 산성으로 변하면 망하는 거란 말이오. 끝장입니다. 게다가 선생의 에키노칵투스미리오스티그마는 뿌리부터 썩어 버릴 거요. 흙이 산성이 되는 걸 방지하려면 이틀에 한 번씩 멸균 처리한 물을 주되 기온보다 정확히 0.5도 낮은 온도로 1평방 센티미터당 0.111111그램씩 급수해야 합니다. 그러면 선인장 재배자들이 다 같이 한꺼번에 소리를 지르며 주먹과 이빨과 발굽과 발톱을 모조리 동원해 서로 싸우기 시작합니다. 그렇지만 세상의 이치가 있는데, 이런 식으로야 참된 진리가 밝혀질 리 있겠습니까.

한 가지 진실을 말하자면, 선인장은 이런 특별한 컬트적 숭배를 받아 마땅합니다. 무엇보다 신비스럽지 않습니까. 장미는 아름답지만 신비스럽지는 않지요. 신비스러운 식물을 꼽자면 백합, 용담, 금고사리, 선악과나무, 오래된 고목들, 일부 버섯 종류, 맨드레이크, 양란, 빙하에서 피는 꽃, 독성과 의학적 효험이 있는 약재, 수련, 메셈브리아테뭄, 그리고 선인장이 있습니다. 그 신비가 어디서 나오는가 하면 꼭 짚어 말할 수는 없습니다. 그러나 군이 찾아서 경배하려 한다면, 신비가 있긴 있을 거예요. 선인장 중에는 고슴도치처럼 생긴 것도 있고, 오이, 호박, 양초, 물주전자, 사제의 모자, 뱀 둥지를 닮은 것들도 있습니다. 표면은 비늘, 꼭지, 털, 발톱, 사마귀, 총검과 야타간[22]과 별들로 덮여 있지요. 퉁퉁하기도 하고 날씬하기도 하고, 창기병 부대처럼 뾰족뾰족하기도 하고 장검을 휘두르는 정예 부대처럼 날카롭기도 하고, 통통하게 한껏 부푼 것이 있는가 하면 노끈처럼 가는 것도 있고, 쭈글쭈글 주름 잡힌 것, 수두 자국처럼 얽은 것, 수염이 난 것, 뺘루퉁한 것, 음침한 것, 철조망처럼 가시 돋은 것, 바구니처럼 엮인 것, 혹이나 동물이나 무기를 닮은 것들도 있습니다. 아마 천지창조 사흘째에 태어난 가장 남성적인 피조물이라 해도 좋을 겁니다.(손수 창조하신 작품을 내려다보며 조물주도 스스로 감탄했을 겁니다. '이런, 맙소사, 내가 무슨 복으로 이런 걸 만든 거지.' 하고요.) 선인장은 음란한 손길로 어루만지거나 키스하거나 가슴에 꼭 품어 안지 않고도 사랑할 수 있어요. 친밀감 따위는 신경 쓰지 않아도 되죠. 선인장은 돌멩이처럼 단단하고 철저하게 무장한 채 결코

22 터키의 검.

투항할 수 없다는 결의로 똘똘 뭉쳐 있어요. 어디 한번 덤벼 봐라, 허여멀건한 인간, 발포하겠다! 아담한 선인장 컬렉션은 피그미 전사들의 막사 같다니까요. 전사의 머리나 팔을 자르면, 그 자리에서 아예 중무장하고 칼과 단검을 휘두르는 병사가 새로 자라나니까요. 삶은 전쟁입니다.

그러나 이 고집 세고 무뚝뚝한 돌대가리들이 본성을 잊고 꿈속으로 빠져드는 신비스러운 순간이 찾아온단 말입니다. 바로 그때 꽃이 피어납니다. 커다랗고 화려한 꽃, 성스러운 꽃이 장검을 휘두르는 팔에서 피어나지요. 아무나 누릴 수 없는 위대한 선물, 귀한 사건입니다. 선인장 재배자가 꽃을 피운 선인장을 자랑하고 뻐기는 걸 보면, 자식을 뿌듯해하는 어머니의 마음이 무색할 지경이라니까요.

정원 가꾸는 사람의 9월

원예학적 관점에서 보면 9월은 그 나름대로 뿌듯하고 보람찬 달입니다. 양미역취, 가을의 과꽃, 감국이 개화하기 때문만은 아닙니다. 묵직하고 경이로운 달리아, 너 때문만도 아니란다. 믿지 않는 자들에게 고하노니, 9월은 2차로 개화하는 모든 식물을 위한 축복의 달임을 알아 둘지어다. 2차 개화의 달, 익어 가는 포도주의 달. 이런 것이 바로, 심오한 의미로 충만한 9월의 특별한 은총입니다. 그리고 뭐니 뭐니 해도 9월은 우리가 다시 식물을 심을 수 있도록 땅이 활짝 열리는 절기입니다! 이제 봄이 오기 전에 뿌리를 내려야 하는 것들을 땅에 심어야 하는데요. 덕분에 정원을 가꾸는 우리는 묘포에 달려가서 다가올 봄에 찬란히 빛날 보물을 골라 올 기회를 얻게 되지요. 나 또한 이 틈을 타서, 숨 가쁜 한 해의 일정에서 잠시 벗어나 묘포를 운영하는 이 귀한 분들에게 감사의 뜻을 표할까 합니다.

모종을 재배하는 위대한 원예가들은 보통 술은 입에도 대지 않고 담배도 태우지 않습니다. 한마디로 대단히 인덕이 높은 분들이라는 얘기죠. 중범죄를 저지른다거나 전쟁이나 정치에서 두각을 나타내어서 역사에 이름을 새기는 일도 없습니다. 이런 분들의 이름은 새로운 장미나 달리아 또는 사과 품종을 통해 불멸의 반열에 오르지요. 대개 익명이거나 타인의 이름을 앞세워 얻는 명성이지만 당사자는 만족합니다. 자연이 무슨 장난을 치는지 묘목장의 양묘업자는 살집이 있고 덩치가 아주 큰 거인일 때가 많습니다. 금줄 세공처럼 섬세하고 여리여리한 꽃들과 시각적 대조를 이루기 위해서일까요. 아니면 자연이 한없이 너그러운 아버지 같은 사랑을 표상하기 위해 대지의 여신 키벨레의 모습을 본떠서 그를 창조했는지도 모르겠습니다. 실제로도 양묘업자가 손가락으로 화분의 흙을 쿡 찔러 구멍을 내는 모습을 보면 흡사 맡아 기르는 어린아이에게 젖을 먹이는 유모처럼 보입니다. 그는 조경업자를 멸시하지만, 조경 전문가는 그 나름대로 양묘업자를 채소를 길러 장에 내다 파는 농부나 다름없다고 생각하니까요. 여러분, 반드시 알아 두셔야 합니다. 양묘업자는 모종 기르기가 기술이 아니라 과학이고 예술이라고 생각한다는 사실을요. 경쟁업자를 훌륭한 장사꾼이라고 부르면, 완전히 치명적으로 모욕적인 욕설이 되는 셈입니다. 묘목장에 가서는 철물점에서처럼 원하는 걸 사서 값을 치르고 나오는 게 다가 아닙니다. 주인과 한담을 나누고, 이런저런 식물의 이름도 물어보고, 작년에 산 허친시아가 아주 잘 자라고 있다는 말을 전해 주려고 가는 겁니다. 올해는 갯지치가 지지부진 고생스럽다고 불평하고, 새로 들인 모종을 구경시켜 달라고 조르기도 하지요. 루돌프괴테나엠마베다우(과꽃의 품종입니다.) 중 어느 쪽이 낫나고 묻고, 클루시아나용담은 토탄에서 잘 자라는지, 양토가 나은지를 두고 입씨름을 합니다.

이를 비롯해 여러 주제로 논쟁을 마치고 나면 새 알리숨 하나(하지만 젠장, 어디다 심는담?), 말라 죽은 화초를 뽑고 심을 델피늄 하나, 화초의 정체를 두고 주인과 의견이 갈리는 화분 하나를 고릅니다. 이처럼 교육적이고도 신사적으로 즐거운 몇 시간을 보내고 나서 장사꾼과는 거리가 먼 양묘업자에게 8펜스에서 10펜스쯤 주면 끝이 납니다. 그래도 참된 양묘업자라면 떵떵거리며 자동차를 끌고 와서 "제일 좋은 꽃들로 주시오. 최고급으로만."이라며 예순 그루의 모종을 한꺼번에 사 가는 대부호보다 여러분을 더 좋아할 겁니다.

양묘업자들은 다 자기네 토양은 엉망진창이라면서, 자기는 퇴비도 안 주고 물도 잘 안 주고 겨울에 화단을 덮어 주지도 않는다고 말합니다. 실은 꽃들이 잘 자라는 건 순전히 자기를 사랑해서라는 말이 하고 싶은 겁니다. 이상하게 가드닝에 운이 따르는 사람들이 있기는 해요. 하늘의 특별한 은총을 받는달까. 진정한 원예가는 땅에 잎사귀를 하나 갖다 심어도 뿌리를 내리고 식물이 자라나지만, 우리처럼 평범한 사람들은 아무리 모종을 애지중지 돌보고 물을 주고 호호 불어 주고 뿔가루나 베이비파우더를 뿌려 줘도 시들시들하다 힘없이 죽어 버리죠. 사냥이나 의술과 마찬가지로 마술 같은 힘이 있는 게 틀림없어요.

새로운 품종의 생산은, 열정적으로 정원을 가꾸는 사람이라면 누구나 은밀하게 가슴에 품는 꿈이 아닐 수 없습니다! 맙소사, 노랑색 물망초나 푸른물망초양귀비나 흰색 용담을 만들어 낼 수만 있다면 얼마나 좋을까요? 뭐라고요? 파란 용담이 더 예쁘다고요? 그런 건 중요하지 않아요. 흰색 용담은 아무도 본 적이 없잖아요. 게다가 인간은 꽃의 문제에서도 어느 정도는 국수주의적인 성향을 드러내는 것 같아요. 이를테면 체코의 장미가 대회에 나가서 미국의 독립 기념일이나 프랑스의 에리오[23] 같은 품종과 경쟁해서 승리한다면, 우리는 자긍심에 한껏 가슴이 부풀고 벅찬 기쁨을 주체하지 못할 테니까요.

진지하게 조언을 드리자면, 여러분의 정원에 경사진 부지나 작은 테라스가 있다면 암석 정원을 꾸며 보시죠. 먼저 그런 암석 정원은 범의귀, 꽃다지, 알리숨, 창대나물을 비롯해 여러 작은 고산지대 꽃들이 쿠션처럼 보드랍게 자라나면 아주 아름다워요. 둘째로, 암석 정원을 조성하는 작업 자체가 신나고 매혹적이랍니다. 암석 정원을 조성하다 보면, 초자연적인 힘으로 바위에 바위를 얹고 언덕과 골짜기를 창조하고 산을 옮기고 험준한 절벽을 일으켜 세우는 키클롭스가 된 기분이 든단 말입니다. 다만 나중에 욱신욱신 쑤시는 허리를 부여잡고 거대한 걸작을 완성하고 나서 보면 머릿속으로 그리던 낭만적인 산의 모습과는 조금 달라 보이는 문제가 생기죠. 그냥 돌멩이와 자갈을 잔뜩 쌓아 놓은 초라한 더미처럼 보이거든요. 하지만 걱정하지 마세요. 일 년 후에는 이 돌 더미가 세상에서 가장 아름다운 화단으로 변해서 아주 작은 꽃들이 반짝거리고 아름답고 보드라운 녹색 방석으로 뒤덮일 겁니다. 그때는

23   프랑스의 수상 이름을 딴 것.

얼마나 크나큰 기쁨을 누리게 될지. 내 말을 믿고 꼭 암석 정원을 만들어 보시라니까요.

더는 부정할 수가 없습니다. 가을이 되어 버렸어요. 국화가 활짝 피는 걸 보면 알 수 있잖아요. 이 가을의 꽃은 특별히 기운차고 탐스럽게 피어납니다. 요란스럽지도 않죠. 이 꽃이나 저 꽃이나 똑같이 생긴 것 같지만, 얼마나 많이 피어납니까! 성숙한 절기에 개화하는 꽃은 불안하고 무상하게 뒤척거리는 젊은 봄날의 꽃보다 훨씬 더 원기 왕성하고 열정으로 충만합니다. 어른의 분별력과 꾸준한 일관성을 볼 수 있지요. 꽃을 피운다면 철두철미하게 하세요. 그리고 벌들이 찾아오도록 꿀을 충분히 품고 있어야 합니다. 이 화려한 가을의 장관에 비긴다면, 떨어지는 낙엽 한두 장이 무슨 대수겠습니까? 아니, 설마 이 지칠 줄 모르는 생명력이 보이지 않는다는 겁니까?

흙

젊은 시절 어머니는 카드 점을 보면서 언제나 쌓아 놓은 패를 보고 속삭이셨지요. "자, 앞길에서는 무엇을 밟고 걷게 될까?" 그때는 어머니가 무엇을 밟게 될지 왜 그토록 알고 싶어 하는지 이해할 수 없었어요. 아주 오랜 세월이 지난 후에야 서서히 깨닫게 되었습니다. 흙을 밟고 있는 저 자신을 발견한 거죠.

사람은 발밑에 있는 것에 관심이 없습니다. 미친 듯 아무 데로나 달려가고, 대체로는 하늘의 구름이 얼마나 아름다운지, 지평선이 얼마나 아름다운지, 언덕이 얼마나 푸른지를 눈여겨보지요. 그러나 발밑을 보고 그곳에 있는 아름다운 흙을 찬양하지는 않습니다. 그러려면 기껏 손수건만 한 너비라도 자기만의 정원을 가꾸어 봐야 합니다. 화단 하나라도 갖고 돌보아 봐야 흙이 눈에 들어오는 것입니다. 소중한 친구 여러분, 그때는 하늘의 구름이라도 흙만큼 다채롭고 아름답고 경이롭지는 못하다는 걸 알게 될 겁니다. 시큼하고 질기고 끈적끈적하고 차갑고 돌덩이처럼 단단하고 썩은, 다채로운 흙의 양태를 알게 될 겁니다. 페이스트리처럼 퍼석퍼석한 부엽토가 있는가 하면, 빵처럼 따뜻하고 가볍고 좋은 부엽토도 있습니다. 이런 흙을 보면 여인이나 구름을 보고 감탄하듯 아름답다는 말이 절로 나올 겁니다. 파슬파슬하게 바스러지는 흙에 꼬챙이가 1미터 깊이로 쑥 들어가는 순간이나 손가락으로 흙덩어리를 부수자 공기 같은 가벼움과 미지근한 온기가 느껴질 때면 낯설고 관능적인 쾌감마저 밀려듭니다.

이 생경한 아름다움에 전혀 감흥이 없다 해도, 언젠가는 운명의 여신이 던져 준 진흙 덩어리를 한두 개 맞닥뜨리게 될 겁니다. 납처럼 묵직하고 쩍쩍 들러붙고 싸늘한 한기가 배어 나는 태고의 진흙 말입니다. 삽으로 찍으면 껌처럼 달라붙고 햇볕을 받으면 딱딱하게 굳고 그늘에서는 시큼하게 시어 버립니다. 성격도 더럽고 말도 듣지 않고 기름지고 파리의 석고처럼 끈적거리고 뱀처럼 미끌미끌하고 벽돌처럼 메마르고 양철처럼 물이 통하지 않고 납처럼 무거운 흙이지요. 이제 곡괭이를 들고 그 진흙 덩어리를 부수고 삽으로 자르고 망치로 깨뜨리고 가는 겁니다. 욕설을 내뱉고 한탄을 하며 노동을 합시다. 그러면 생명이 없는 불모의 물질이 생명을 주는 흙이 되지 않으려고 얼마나 지독하게 자기 방어를 하며 싸워 왔고 지금도 싸우고 있는지, 그 적개심과 둔감함을 절실하게 실감할 겁니다. 그리고 생명이 대지의 흙에 야금야금 뿌리를 내리기까지 얼마나 무서운 사투를 벌였을지를 실감하게 될 겁니다. 그 생명의 이름이 인간이든 식물이든 말이지요.

그리고 흙에서 받는 만큼 더욱 많이 주어야 한다는 것도 알게 될 겁니다. 석회를 섞어 잘 뭉치지 않고 비옥하게 만들어 주고, 따끈한 퇴비를 섞어 누그러뜨리고, 재를 섞어 가볍게 해 주고 바람이 잘 통하고 볕을 흠뻑 받도록 해 줍니다. 그러면 굳은 진흙이 고요히 숨을 쉬듯 풀어지고 바스러집니다. 가래로 찍으면 놀랄 만큼 순순하게 부서지지요. 손에 쥐면 따뜻하고 빚으면 모양도 잘 만들어집니다. 길이 든 것이지요. 딱딱하게 굳은 진흙을 한두 번 길들였다면 위대한 승리를 거둔 겁니다. 이제 흙은 포슬포슬하고 촉촉하게, 얼마든지 작업할 수 있게 준비가 다 되어 있어요. 엄지와 검지로 흙을 집어 비벼 보면 승리를 확신할 수 있을 겁니다. 이 흙에 무슨 씨앗을 심을까 하는 생각마저 사라질 겁니다. 이 검고 포슬포슬한 흙만으로도 아름답지 않습니까? 팬지나 당근이 우거진 화단만큼 아름답지 않습니까? 흙이라는 이 고귀하고 박애주의적인 걸작을 차지하게 될 식물이 심지어 부럽지 않습니까?

그러면 그때부터 여러분은 땅에 발을 디딜 때마다 이 흙을 의식하지 않을 수 없게 될 겁니다. 손과 꼬챙이를 써서 들판에 보이는 흙덩어리마다 다 찔러 보며 다니게 됩니다. 다른 사람들이 별을, 사람을, 바이올렛을 바라보듯 땅과 흙을 바라보게 됩니다. 검은 부식토를 보면 뜨거운 열정으로 가슴이 벅차오르고, 숲의 낙엽이 썩은 매끈한 흙을 아련하게 매만지게 되고, 단단하게 뭉친 찰흙과 깃털처럼 가벼운 토탄을 양손에 들고 무게를 재 보게 됩니다. 아, 주님! 이런 흙이 한 수레 가득 있다면 얼마나 좋을까요! 하고 외치게 될 겁니다. 이 부엽토만 있으면 정말 잘 자랄 텐데. 그 위에 이 부식토를 얹고, 여기다 저 굳은 쇠똥 좀 뿌리고 저기 저 강모래를 좀 섞어 주고 저 썩은 나무 그루터기 약간과 강바닥의 진흙을 약간 더하고 길바닥의 말똥을 주워 와서 섞어 주면 나쁘지 않을 텐데, 안 그런가요? 인산 비료와 깎은 뿔도 좋겠지만, 이 아름다운 경작토만으로도 차고도 넘칩니다. 세상에는 베이컨처럼 기름진 흙도 있고, 깃털처럼 가볍고 케이크처럼 포슬포슬한 흙도 있고, 밝은색 흙도 있고 검은 흙도 있으며, 메마른 흙도 있고, 수분을 한껏 머금은 흙도 있지요. 이 모든 게 다채롭고도 고결한 부류의 아름다움입니다. 기름지고 질척하고 축축하고 질기고 차갑고 불모인 모든 흙은 흉하고 부패한, 구원받지 못한 물질로서, 인간에게 내려진 저주입니다. 인간 영혼의 냉기와 둔감과 악의가 그러하듯 흉측한 몰골이지요.

정원 가꾸는 사람의 시월

"시월이네, 자연이 이제 누워 잠을 자려 하는군." 사람들은 말합니다. 그러나 정원 가꾸는 사람은 진실을 알고 있지요. 그러므로 시월은 4월만큼이나 좋은 달이라고 말합니다. 시월은 첫봄의 달이라는 걸 아셔야 합니다. 땅 밑에서 발아하고 싹을 틔우는 달이거든요. 숨은 성장과 부푸는 새순의 달입니다. 지표면을 살짝만 파 봐도 이미 제 모양을 다 갖춘 새순들을 찾을 수 있습니다. 엄지만큼 통통하고 여린 싹과 고군분투하는 뿌리들이 있지요. 어쩔 수가 없어요, 봄이 왔으니 정원 가꾸는 사람들은 어서 나가서 심어야지요. (그렇지만 가래로 싹이 나는 수선화 알뿌리를 찍어 자르지 않도록 조심해야 합니다.)

자, 그렇다면 열두 달 중에서도 시월은 파종하고 옮겨 심는 달이라 하겠습니다. 이른봄에 정원 가꾸는 사람은 화단에 서서 여기저기 삐죽삐죽 고개를 내미는 새순을 바라보며 생각에 잠깁니다. 여기 이쪽에 맨 흙이 드러난 빈자리가 있으니 뭘 좀 더 심어야겠다고요. 몇 달이 지난 후에 정원 가꾸는 사람은 똑같은 자리에 서서 화단을 내려다봅니다. 그사이 델피니움의 꼬리가 30센티미터 넘게 자라고 피버퓨가 밀림을 이뤘으며 캄파눌라 숲이 생겼습니다. 그 밖에도 아무도 정체를 파악할 수 없는 온갖 식물들이 무성하게 자라났지요. 그러면 정원 가꾸는 사람은 또 생각에 잠깁니다. 이쪽은 좀 지나치게 빽빽한데, 아무래도…… 간격을 좀 띄워 주고 옮겨 심기를 해야겠구나. 그리고 시월에 정원 가꾸는 사람은 똑같은 화단에서서 여기저기 앙상한 꽃대와 시든 잎을 보고 생각에 잠깁니다. 이쪽에 맨 흙이 드러난 자리가 횅한데, 뭘 좀 더 갖다 심어야겠네. 플록스 여섯 그루와 키가 더 큰 과꽃이면 좋을 것 같아. 그리고 생각한 대로 심습니다. 정원 가꾸는 사람의 삶은 변화와 적극적인 결단으로 가득하지요.

남모를 만족감에 콧노래를 흥얼거리며, 시월에 정원 가꾸는 사람은 정원의 빈자리를 찾아다닙니다. 쯧쯧, 뭔지 모르지만 여기 죽은 식물이 있네. 어디 보자, 그 자리에 뭘 심어야겠는데, 양미역취를 심을까, 아니면 노루삼이 좋을까? 아직 그 녀석은 정원에 구비하지 못했는데. 이쪽은 아스틸베를 심으면 예쁘겠어. 하지만 가을에는 제충국이 좋겠지. 물론 봄에는 레오파드베인도 나쁘지 않겠지만. 자, 여기는 수레박하를 심어 줘야겠다. 품종은 선셋도 좋고 캠브리지스칼렛도 괜찮겠어. 산옥잠화를 여기 심으면 당연히 봄직할 테고. 깊은 명상에 빠져 집으로 돌아오는 길에 정원 가꾸는 사람은 모리나가 얼마나 작고 어여쁜 꽃인지를 새삼 기억해 냅니다. 큰금계국이야 말할 것도 없고 베토니도 나쁘지 않아요. 그래서 정원 가꾸는 사람은 서둘러 손녀딸에게 연락해 양미역취, 노루삼, 아스틸베, 제충국, 레오파드베인, 수레박하, 산옥잠화, 큰금계국과 베토니를 주문하고 앙쿠사와 샐비어까지 추가로 주문서에 써

넣습니다. 그러고는 며칠 동안 날이면 날마다 배달이 오지 않는다며 난리를 피우지 않겠어요. 드디어 우체국 직원이 궤짝에 가득 담긴 모종을 들고 옵니다. 그러면 정원 가꾸는 사람은 득달같이 삽을 들고 달려가 그 민둥민둥한 맨 흙을 공략합니다. 그런데 첫 삽을 뜨자마자 뿌리들이 줄줄이 어마어마하게 딸려 나옵니다. 뿌리 위에는 오동통한 새순들이 주렁주렁 맺혀 있군요! 맙소사, 이럴 수가! 정원 가꾸는 사람은 슬피 웁니다. 여기 금매화가 있었구면!

그렇습니다. 세상에는 자기 정원에 쌍떡잎식물 예순여덟 속, 외떡잎식물 열다섯 속, 겉씨식물 두 속을 모두 갖추길 원하는 열광적인 애호가들이 있습니다. 민꽃식물 중에서는 적어도 고사리류의 모든 종을 갖추고자 하지요. 석송속과 이끼류는 골치가 아프니까요. 그런가 하면 전 생애를 단 한 종에 바치는, 더 황당한 부류의 광적인 애호가들도 있습니다. 그 종에 관한 한, 재배되고 있고 이름이 붙여진 모든 품종을 모두 가져야 직성이 풀린답니다. 이를테면 알뿌리 마니아들이 있는데, 이들은 튤립, 히아신스, 백합, 치오노독사, 수선화, 방울수선, 기타 기적 같은 알뿌리 식물 재배에 아낌없이 목숨을 겁니다. 나아가 프리뮬러와 오리큘러 마니아들은 철저히 앵초과에 충성을 바치고, 아네모네 애호가들은 바람꽃 기사단에 입단합니다. 그리고 붓꽃과 마니아들은 아포곤, 포고니리스, 레겔리아, 오노시클루스, 주노, 시피움에 속하는 식물을(교배종은 셈에 넣지도 않은 겁니다.) 하나도 빠짐없이 모두 갖지 못하면 슬퍼서 죽어 버릴 겁니다. 그런가 하면 제비고깔속 식물을 키우는 델피늄 신봉자들도 있고, 이른바 장미파라고 자칭

하는 장미 애호가들도 있습니다. 이들은 드루슈키 씨, 에리오 씨, 카롤린 테스투 부인, 빌헬름 코르데스 씨, 페르네 씨처럼 장미로 다시 태어난 여러 저명한 인사들이 아니면 아예 어울리지도 않지요. 플록서라고 불리는 광적인 플록스 애호가들은 국화 애호가들을 시끌벅적하게 비웃는데, 국화 애호가들은 감국이 만개하는 가을에 이 인사를 되돌려 줍니다. 애상에 젖는 과꽃 애호가들은 세상의 그 어떤 쾌락보다 가을에 피는 과꽃을 사랑합니다. 하지만 그 누구보다 광적인 애호가는(물론, 선인장 애호가는 예외입니다.) 조지언이라 불리는 달리아 애호가입니다. 이 사람들은 신종 미국 달리아가 나왔다고 하면 대뜸 머리가 어질어질해지는 거액을 지불하고 산단 말입니다. 10실링이라도 선뜻 낼걸요. 이 온갖 종파 중에서 오로지 알뿌리 애호가들만 역사적 전통을 갖추고 수호성인까지 있습니다. 유명한 이야기지만 성 요셉은 손에 마돈나백합을 들고 있지요. 요즘이라면 훨씬 더 새하얀 릴리움브라우니리우칸툼을 들었을 테지만 말이지요. 반면 플록스나 달리아를 손에 들고 나타나신 성인은 없습니다. 그러니 이 꽃들을 숭배하는 자들은 비국교도이고, 따라서 가끔은 자기네들만의 교회를 세우기도 한답니다.

이런 컬트에 그 나름의 성인전이 없으라는 법이 있나요? 그러면 우리가 한번 상상해 볼까요. 이를테면 달리아의 성인 조르지누스의 생애는 다음과 같이 흘러갔을 겁니다. 조르지누스는 덕망 높고 신심 깊은 원예가로, 오랜 기도와 금식으로 첫 번째 달리아를 키워 내는 데 성공했습니다. 이교의 황제 플록시니언이 그 소문을 듣고 분노로 길길이 날뛰며 신심 깊은 조르지누스를 잡아들였습니다. "이 감자나 기르는 한심한 인간아!" 플록시니언 황제는 천둥처럼 노호했습니다. "이 시든 플록스 앞에 고개를 숙여라!" "싫습니다." 조르지누스는 단호했습니다. "달리아는 달리아지만, 플록스는 플록스 따위일 뿐이니까." "갈기갈기 찢어 죽여라!" 잔인한 플록시니언은 새된 소리로 고함을 질렀고, 부하들은 달리아의 성인 조르지누스를 잘게 찢어 죽이고 그의 정원을 쑥대밭으로 만든 후 초록색 황산과 유황을 뿌렸습니다. 그러나 조르지누스의 잘게 잘린 몸 조각조각에서 덩이뿌리가 자라나 장차 달리아가 될 온갖 식물이 싹을 틔웠답니다. 피오니, 아네모네, 홑꽃, 선인장, 또는 별 모양의 달리아, 폼폼과 미뇽과 톰 섬 달리아, 로제트와 콜라레트의 달리아, 그리고 온갖 교배종 달리아들이 모두 그 조각에서 싹트고 피어났어요.

가을은 아주 비옥한 절기입니다. 가을과 비교하면 봄은 좀 까탈스럽지요. 가을은 더 큰 규모로 작업하기 좋습니다. 봄의 바이올렛이 3미터 높이로 자라나거나 튤립이 나무에 그늘을 드리울 만큼 높이 자라는 일이 있나요? 내 말이 맞지요? 봄에 가을의 과꽃을 심으면 시월이 되기도 전에 3미터 높이의 숲으로 자라납니다. 길을 잃을까 무서워 발을 들여놓을 수도 없는 밀림이 되죠. 4월에 힐리앤서스나 해바라기 뿌리를 심으면 지금쯤 황금빛 꽃들이 저 높은 곳에서 손 흔들어 인사하는 불균형한 풍경이 펼쳐집니다. 우리가 까치발을 하고 팔을 뻗어도 손이 닿지 않아요.

정원에서는 비례와 균형이 틀어지는 일이 허다합니다. 그러므로 가을에는 꽃들의 자리를 옮겨 주어야 하지요. 해마다 정원 가꾸는 사람은 어미 고양이가 새끼 고양이를 물고 다니듯 여러해살이를 고이 들고 정원을 헤맵니다. 해마다 뿌듯한 마음으로 혼잣말을 하지요. "자, 이제 다 심었고 정리정돈도 잘되었어." 이듬해에도 그는 똑같이 뿌듯한 마음으로 한숨을 쉽니다.

정원 일은 끝이 없습니다. 그런 면에서 인간의 세계와 같고, 인간이 하는 다른 모든 일과 다를 바 없어요.

가을의 아름다움

　　가을의 요란스러운 색채나 음울한 안개나 죽은 자의 영혼이나 하늘에 나타나는 징조나 마지막 과꽃이나 아직도 꽃을 피우려 애쓰는 붉은 장미나 저녁의 어스름 빛이나 묘지에 피운 향초의 향기나 마른 낙엽이나 또 다른 여러 감상적인 사물에 대한 글을 쓸 수도 있습니다. 그러나 나는 우리 체코의 가을이 품은 또 하나의 영광을 증언하고 찬미하고 싶습니다. 바로 사탕무입니다.

　　사탕무처럼 대량으로 수확이 이뤄지는 작물은 없습니다. 옥수수는 헛간으로, 감자는 지하 창고로 옮겨집니다. 그러나 사탕무는 수레에 실어 산더미처럼 쌓아 둡니다. 쌓이고 쌓여 언덕이 됩니다. 아담한 기차역 옆에서 언덕들은 점점 자라나 사탕무 산이 됩니다. 끝없는 마차의 행렬에 실려 하얀 원뿔들이 아침부터 밤까지 운반됩니다. 삽을 든 남자들이 산더미를 높이 더 높이 쌓아 깔끔한 기하학적 피라미드 형태로 쌓습니다. 세상의 모든 다른 상품은 사방팔방 좁은 길을 타고 세상 사람들의 집으로 퍼져 나갑니다. 사탕무만은 하나의 물살로

합쳐져 흐릅니다. 가장 가까운 철로나 가장 가까운 설탕 공장을 향해 유유히 흘러갑니다. 대규모의 수확입니다. 군사 작전을 위한 대행군 같습니다. 수송을 앞두고 도열한 여단, 사단, 군단의 체계가 잡혀 있습니다. 그러므로 군대처럼 질서정연하게 분류됩니다. 이것이 바로 대량 생산의 묘미지요. 설탕을 제조하는 사람들은 사일로를 기념비처럼 각이 잡힌 건물로 지었습니다. 일종의 건축 예술이지요. 산더미처럼 쌓인 감자는 건축이 아닙니다. 그러나 산더미처럼 쌓인 사탕무는 그저 더미가 아니라 위풍당당한 건축입니다. 도시에서 온 사람들은 사탕무 재배 지역을 그리 좋아하지 않습니다. 그러나 지금 가을에는, 그 나름대로 의젓한 품격을 갖춥니다. 제대로 쌓은 사탕무 피라미드는 충격적으로 아름답습니다. 풍요로운 대지에 바치는 기념비입니다.

하지만 허락해 주신다면 가을의 가장 겸허한 아름다움을 찬미하고 싶습니다. 여러분은 밭이 없고 수레에 사탕무를 실어 태산처럼 쌓지도 않는다는 건 알고 있습니다. 그러나 정원에 퇴비를 뿌려 보신 적이 있나요? 한 수레 가득 퇴비를 실어 와서 땅에 내려 두면, 퇴비 더미에서 뜨끈뜨끈하게 김이 피어오릅니다. 그러면 그 주위를 한 바퀴 돌고 눈과 코로 품질을 가늠한 후 흡족하게 고개를 끄덕이는 겁니다.
"훌륭해요, 퇴비가 아주 좋습니다."
"좋긴 한데, 좀 가볍네요." 이렇게 말할 때도 있습니다.
"지푸라기밖에 없잖습니까." 투덜거리기도 하지요. "똥이 너무 적어요."
"꺼져 버려, 이 보슬보슬하고 귀한 퇴비 더미를 멀리 빙

돌아가면서 코를 막는 인간들 같으니라고. 훌륭한 퇴비가 뭔지도 모르는 주제에."

화단에 필요한 만큼 퇴비를 주고 나면, 이 땅에 선한 일을 행한 듯한, 어쩐지 신비로운 느낌에 휩싸이게 된다니까요.

헐벗은 나무들은 단순히 쓸쓸한 풍경만은 아닙니다. 대빗자루 같기도 하고 회초리 같기도 하고 건물의 비계처럼 보일 때도 있지요. 그러나 앙상한 나무에 매달려 바람에 떨고 있는 잎사귀 한 장이 남아 있다면, 그건 흡사 전장에서 휘날리는 최후의 깃발, 학살의 땅에서 죽은 이의 손에 들린 기준과 같습니다. 우리는 쓰러졌으나 항복하지 않았습니다. 우리의 깃발이 아직도 휘날리고 있습니다.

게다가 아직도 국화는 포기를 모릅니다. 흩뿌려진 흰색, 분홍색 거품처럼 연약하고 여린 국화는 무도회의 드레스를 입고 벌벌 떨고 있는 아가씨들처럼 추위를 탑니다. 햇빛도 비추지 않고, 숨막히는 잿빛 안개만 깔려 있고, 우박이 섞인 비가 내린다고 해서 불평하고 있습니까? 그깟 것들은 개의치 마세요. 오로지 중요한 일은 꽃을 피우는 것뿐입니다. 사람들은 조건이 나쁘다고 불평합니다. 그러나 국화는 꿋꿋이 제 갈 길을 갑니다.

신들조차 계절을 탑니다. 여름에는 범신론자가 되어 스스로 자연의 일부라고 믿습니다. 그러나 가을이 오면 자신이 일개 인간에 불과하다는 실감에 젖을 수밖에 없습니다. 성호를 긋지 않더라도 서서히 성탄으로 돌아가게 됩니다. 집마다 가정의 수호신을 기리며 벽난로가 타닥타닥 타오릅니다. 집을 사랑하는 마음은, 하늘에 계신 신을 숭배하는 것과 별반 다르지 않은 성스러운 의례입니다.

정원 가꾸는 사람의 11월

세상에는 좋은 직업이 많이 있다는 걸 잘 압니다. 신문기사를 쓴다거나 국회 의원이 된다거나 이사회의 일원이 된다든가 또는 공문서에 서명하는 일을 맡을 수도 있지요. 그러나 아무리 훌륭하고 칭찬할 만한 직업이라도 삽을 든 사람만큼 근사하고 폼 나지는 않습니다. 이처럼 기념비적이고 자유롭게 자세를 바꾸며 차마 동상처럼 위풍당당한 태도를 어디서 다시 보려고요. 아, 한 발로 삽을 밟고 화단에 서서 땀을 훔치며 "아이고." 소리를 낼 때면 알레고리를 형상화한 조각상 같다니까요. 그 모습 그대로 조심스럽게, 뿌리까지 온전히 캐내서 단상에 올려 두고 "승리의 노동"이라든가 "대지의 주인"이라는 팻말을 붙여 두면 딱입니다. 이런 이야기를 왜 꺼냈는가 하면, 지금이 바로 그때기 때문이지요. 삽질을 할 때가 왔어요.

그래요, 10월에는 흙을 뒤집어 풀어 줘야 합니다. 한 삽 가득 흙을 푸면 한 국자 가득, 한 숟갈 가득 음식을 떠낼 때처럼 입맛이 돌고 보람찹니다. 좋은 음식처럼 좋은 토양은 너무

기름져서도, 너무 무거워서도 안 되며 지나치게 차갑거나 축축하거나 메마르거나 끈적거리거나 딱딱하거나 껄끄럽거나 날것이어서도 안 됩니다. 빵, 생강 빵, 케이크, 발효한 반죽과 같아야 합니다. 쉽게 바스러지되 덩어리로 쩍쩍 갈라지면 안 됩니다. 삽을 대면 금이 가되 찌부러지면 안 됩니다. 슬래브 판이나 벽돌이나 벌집이나 만두처럼 되면 안 됩니다. 삽으로 잘 뒤집으면 기쁨으로 숨을 쉬면서 곱고 보슬보슬한 경작토로 허물어져야 합니다. 그런 게 먹음직하고 영양가 있는 흙입니다. 세련되고 고귀하고 심오하고 촉촉하고 투습성 좋고 바람 잘 통하고 부드러운 흙.

한마디로 좋은 흙은 좋은 사람들과 같습니다. 다들 아는 이야기지만 세상이라는 이 눈물의 골짜기에 이보다 더 좋은 게 어디 있겠습니까.

정원을 가꾸는 여러분은 틀림없이 잘 알겠지만, 이 가을날에도 여전히 옮겨 심기를 할 수 있습니다. 먼저 관목이나 나무를 잘 파내고 주위를 최대한 깊이 갈퀴로 긁어 주세요. 그리고 밑에 삽을 넣어 떠내면 됩니다만 보통 삽이 반으로 뚝 부러지기 일쑤입니다. 일부 비평가라든가 대중 연설가들은 뿌리 이야기를 몹시 즐겨 합니다. 걸핏하면 뿌리로 돌아가야 한다고 하고, 악마는 뿌리와 가지까지 모조리 뽑아야 한다고도 하고, 무슨 이런저런 문제의 뿌리부터 철저히 파악해야 한다고도 하지요. 글쎄요, 그런 사람들이 삽으로, 뭐, 이를테면 삼 년 된 마르멜로를 파내는 모습을 꼭 좀 내 눈으로 보고 싶군요.(뿌리부터 철저히 말이지요.) 윌리엄인지 주임 사제님이 루스커스처럼 작은 관목 뿌리를 공략하는 모습만은 놓치지 않고 구경하고 싶습니다. 버나드 쇼가 늙은 포플러를 뿌리까지 캐내는 모습을 꼭 보고 싶어요. 내 생각에 그런 사람들은 끙끙 조금 파 보다가 허리를 펴고 단 한 마디를 내뱉을 것 같습니다. 그리고 그 한 마디가 "젠장!"이라는 데 기꺼이 내가 신은 장화 한 켤레를 걸겠습니다.

나도 퀸스나무로 한번 해 봤는데 뿌리를 다루는 데는 막중한 책임이 따른다는 의견에 기꺼이 동의합니다. 뿌리는 내린 자리에 그대로 두는 것이 낫습니다. 뿌리를 그렇게까지 깊이 내릴 때는 다 그 나름대로 이유가 있거든요. 우리의 관심을 뿌리는 개의치 않습니다. 뿌리는 그대로 두고 차라리 흙을 일구는 편이 나아요.

그래요, 토양의 질을 개선하는 겁니다. 수레에 잔뜩 실린 퇴비는 서리 내린 날 도착하면 가장 아름다워요. 희생 제물을 바치는 단처럼 뽀얗게 김이 피어오르거든요. 그 향기가 하늘에 닿으면, 만물을 이해하시는 조물주께서 킁킁 냄새를 맡아 보고 말씀하시겠지요. "어허, 그 퇴비 참 좋다."

이 대목에서 우리는 생명의 신비로운 순환을 이야기할 훌륭한 기회를 잡게 됩니다. 말은 귀리를 씹어먹은 후 카네이션이나 장미에게 돌려주고, 카네이션과 장미는 이듬해에 말로 형용할 수 없이 아름다운 향기를 풍기며 이토록 귀한 은총을 주신 하나님을 찬양하게 된다는 거죠. 정원 가꾸는 사람은 지푸라기와 함께 악취를 풍기는 퇴비 더미에서부터 이미 그 달콤한 꽃향기를 맡을 수 있습니다. 킁킁 맡아 보고 마음에 들면 자식의 빵에 마멀레이드를 펴 바르듯이 신이 주신 이 귀한 선물을 정원 전체에 살살 펴 바릅니다.

자, 여기 있다, 꼬마 친구야, 맛있게 먹어라! 에리오 부인, 부인께는 인심 좋게 한 무더기 통째로 드리지요. 워낙 탐스럽고 풍성하게 꽃을 피우시니까요. 너 피버퓨는 이 케이크를 먹으며 조용히 있으렴. 이 갈색 짚을 깔아서 네 잠자리를 만들어 주마, 의욕 넘치는 플록스야.

점잖은 분들이 왜 지나가면서 얼굴을 찌푸리실까? 내 몸에서 나는 냄새가 싫으신가?

그러나 이윽고 우리는 정원에 마지막 서비스를 하게 됩니다. 한두 번은 이른 서리가 내리도록 두고 보다가 초록색 잔가지를 모아서 정원 바닥에 잘 깝니다. 장미 줄기를 휘고 목까지 올라오게 흙을 덮어 감싸 주고 끈끈한 진액이 있는 가문비나무 가지를 화단 위에 덮어 주면, 밤 인사를 고할 시간이 됩니다. 보통은 이런 잔가지로 주머니칼이나 파이프 같은 다른 물건들도 같이 덮어 주게 되지요. 봄이 찾아와 잔가지를 치우면 그때 헤어졌던 소지품들과도 다시 인사를 나눌 수 있습니다.

그러나 우리가 너무 앞서 나가고 있어요. 꽃이 미처 다 핀게 아닌데 말이지요. 아직도 갯개미취가 라일락색 눈을 깜박이고, 11월도 봄이라는 증거로 앵초와 바이올렛이 만개합니다. 어떤 정황적 정치적 조건에도 아랑곳없이 감국(인도국화라고들 부르지만, 사실 인도가 아니라 중국이 원산지랍니다.)은 꿋꿋이 피어납니다. 아무리 조건이 나빠도 국화는 연약한 꽃을 어마어마하게 화려하고 풍성하게 피워 냅니다. 여우처럼 불그 스레하고 눈이 부시게 새하얗고 황금과 석류석 빛깔의 꽃들을요. 그리고 아직도 장미는 마지막 꽃을 피워 내고 있습니다. 꽃들의 여왕님은 지난 6개월 내내 꽃을 피워 올렸는데요. 이 것이 왕가의 의무인가 봅니다.

그리고 단풍이 꽃을 피우고 있습니다. 가을의 단풍. 노랑, 보라, 불타는 빨강, 오렌지, 파프리카 같은 진홍빛으로 나뭇잎 이 물듭니다. 베리류는 빨강, 오렌지, 검정으로 열매를 맺고 앙상한 나뭇가지에는 노랑, 붉은빛, 연노란색이 감돕니다. 아 직도 끝이 아닙니다. 눈에 파묻혀도 진초록색 호랑가시나무 는 반짝이는 빨간 베리 열매를 맺을 테고, 검은 소나무, 작은 사이프러스와 주목들도 건재할 겁니다. 끝은 없는 겁니다.

말씀드리지만 죽음은 없습니다. 잠도 없어요. 우리는 그 저 한 계절에서 다음 계절로 넘어갈 뿐입니다. 생명은 인내심 으로 바라보아야 합니다. 영원하니까요.

그러나 흙이 깔린 자기만의 화단이 없어도 이런 가을날에 는 자연을 숭배할 수 있습니다. 화분에 히아신스와 튤립 알뿌 리를 심으면 됩니다. 겨울에 얼어 죽지 않으면 활짝 벌어져 꽃 을 피우겠지요. 이런 식으로 하면 됩니다. 마음에 드는 알뿌리 를 아무거나 사서, 제일 가까운 농원에서 질 좋은 비료 한 포 대를 구하는 겁니다. 그리고 지하 창고나 다락방에서 낡은 화 분들을 찾아서 화분 하나에 알뿌리 하나씩 심습니다. 다 심으 면 화분은 모자라고 알뿌리는 남을 겁니다. 그러면 화분을 더 사는 겁니다. 그러면 화분과 흙은 남는데 또 알뿌리가 없어질 거예요. 그러면 알뿌리를 몇 개 더 사게 되겠죠. 하지만 그러면 또 흙이 모자라서 비료 한 포대를 더 사게 됩니다. 그러면 또 흙이 남고, 당연히 버리고 싶지는 않아서 화분과 알뿌리를 몇 개 더 사게 되고. 이런 식으로 계속하다 보면 결국 가족들이 나서서 말릴 겁니다. 그러면 비로소 창턱과 식탁과 옷장과 식품 저장소와 지하실과 다락방을 알뿌리 화분들로 그득그득 채우고 나서, 조용히, 확신을 품고 다가오는 겨울을 기다리면 됩니다.

준비

왜 군이 숨기려 할까요? 벌써 자연이 누워 겨울잠을 들려한다는 징조가 뚜렷한데요. 나의 자작나무들은 아름답고도 슬픈 동작으로 한 장 한 장 낙엽을 떨구는군요. 꽃을 피우고 나면 식물은 다시 땅속으로 후퇴합니다. 성장하고 개화한 후에는 앙상한 꽃대나 축축한 그루터기, 싹둑 잘린 잔가지나 시든 줄기만 남지요. 그리고 흙도 서글픈 부패의 냄새를 풍깁니다. 왜 사실을 숨기려 애씁니까? 올해는 이제 다 끝났는걸요. 국화야, 생명은 충만하다고 스스로를 속이지 말려무나. 작고 흰 양지꽃아, 이울어 가는 마지막 햇살을 찬란히 흘러넘치던 3월의 화려한 빛과 혼동하지 말아야 한다. 얘들아, 불평해 봤자 아무 소용이 없어. 퍼레이드는 끝났다. 얌전히 누워서 겨울잠에 들려무나.

하지만 아닙니다! 그게 아니라고요! 대체 그게 무슨 소리죠? 그런 말은 하지도 마세요! 이런 게 무슨 잠이랍니까? 해마다 우리는 자연이 누워 겨울잠을 잔다고 하지요. 하지만 이

잠을 가까이서 세심하게 들여다본 적이 있습니까? 아니 좀 더 정확히 말해서, 땅 밑에서 들여다본 적은 없으시잖아요. 위아래로 뒤집어 갈아엎어 보지 않으면 알 길이 없습니다. 자연을 거꾸로 뒤집어 봐야 우리가 들여다볼 수가 있다고요. 뿌리를 캐내 봅시다. 맙소사, 이게 잠을 자는 겁니까? 이런 걸 휴식이라고 할 수 있어요? 식물이 상방으로 성장을 그쳤다고 말하는 편이 더 낫습니다. 지금 그럴 시간이 없단 말입니다. 자연은 소매를 걷어붙이고 하방으로 성장하고 있습니다. 손에 침을 퉤퉤 뱉고 땅을 파들어 가고 있다고요. 보세요, 여기 흙 속에 이 허여멀건한 덩어리가 다 새로 난 뿌리란 말입니다. 얼마나 멀리까지 밀고 들어가는지 보세요. 영차! 영차! 성난 뿌리 군단의 공격에 땅이 쩍쩍 갈라지는 소리가 들리지 않나요?

"장군님, 뿌리 돌격대가 적진을 돌파했음을 알려드립니다. 플록스 정찰대가 캄파눌라 전방 순찰대와 합류했다고 합니다."

"그렇군, 점령 지역을 파 들어가도 좋다고 전하라. 작전 목표는 달성했다."

그리고 여기 이 통통하고 하얗고 연약한 것들이 새로 돋아나는 씨눈과 순입니다. 얼마나 많이 있는지 보세요. 빛바래고 시들시들한 여러해살이가 얼마나 빽빽해졌는지 보세요. 얼마나 의젓한지, 얼마나 생기가 넘치는지! 이런 게 잠이라고요? 잎과 꽃 따위 악마에게 다 줘 버리라죠, 뭐, 어때요! 감상에 젖지 마세요! 여기 저 아래, 땅 밑에서 진짜 대단한 일이 벌어지고 있으니까요. 여기, 여기, 또 여기, 새 줄기가 자라나고 있군요. 여기부터 저기까지, 11월이 부과한 한계 내에서, 봄의 생명이 우뚝 솟아날 겁니다. 여기 땅속에서 위대한 봄의 프로그램이 전개되고 있어요. 아직은 휴식의 시간이 아닙니다. 보세요, 여기서는 건물의 청사진을 그리고, 저기서는 토대를 파고 상수도를 놓고 있어요. 우리는 계속해서, 더 깊이, 서서히 침투할 겁니다. 서리를 맞아 흙이 꽝꽝 얼어 버리기 전에 말이지요. 개척자 가을이 이룩한 업적을 딛고 봄이 푸르른 무덤을 짓도록 하지요. 지하의 세력은 의무를 다했습니다.

땅 밑에는 단단하고 오동통한 새순, 한껏 부푼 알뿌리 끄트머리, 마른 낙엽 아래 밟히는, 이상하게 뻬죽뻬죽 올라오는 것들, 이런 폭탄들로부터 봄꽃이 폭발할 겁니다. 우리는 봄이 발아의 계절이라고 하지요. 진짜 발아의 계절은 가을입니다. 자연만 본다면 가을이 한 해의 끝이라는 말이 그럭저럭 옳을 수도 있지요. 그러나 가을이 한 해의 시작이라고 한다면 훨씬 진실에 가깝습니다. 가을에는 낙엽이 진다는 게 대중적 정설이고, 사실 딱히 아니라고 할 수도 없습니다. 그러나 어떤 심오한 의미에서 보자면, 가을은 잎사귀가 새순을 틔우는 절기입니다. 잎이 시드는 건 겨울이 시작되기 때문이기도 하지만, 봄이 이미 시작되었기에, 새순이 만들어지고 있기 때문이기도 합니다. 총기의 소형 뇌관처럼 작은 새순에서 봄이 쩍 갈라져 터질 겁니다. 나무와 관목이 가을에 헐벗는 건 시각적 착시입니다. 사실 그 나무들에는 봄이 오면 짐을 풀어 펼치게 될 온갖 꾸러미가 흩뿌려져 있습니다. 내 꽃들이 가을에 죽는다는 건 시각적 착시입니다. 사실 꽃들은 태어납니다. 우리는 자연이 휴식을 취한다고 말하지만, 실제로는 정신없이 일하고 있답니다. 상점의 문을 닫고 셔터를 내렸을 뿐입니다. 그러나 셔터 뒤에서는 열심히 신상품을 풀고 있고 수납장 선반은 그득그득 차다 못해 무게를 못 이기고 휘어질 지경입니다. 이것이 참된 봄입니다. 지금 하지 않는 일은 4월에도 하지 못합니다. 미래는 우리 앞에 펼쳐져 있는 게 아니라 지금 여기 싹의 형태로 이미 우리 곁에 와 있습니다. 지금 우리 곁에 없다면 미래에도 우리 곁에 없을 겁니다. 싹은 땅속에 있으므로 우리 눈에 보이지 않지요. 미래가 보이지 않는 건 우리 안에 있기 때문입니다. 우리도 과거라는 시든 허물에 발목 잡혀 부패의 악취를 풍길 때가 있습니다. 그러나 잘 일군 흙 속에서 현재라는 통통하고 새하얀 순이 얼마나 많이, 힘차게 밀고 올라오는지 볼 수만 있다면, 은밀히 발아하는 씨앗이 얼마나 많은지 우리가 볼 수만 있다면, 늙은 식물이 제 몸을 추슬러 진하게 응축해서 살아 있는 순에 주입하고 그 순이 언젠가 생명의 꽃으로 피어난다면(우리 안에서 남몰래 꿈틀거리며 분주히 일하는 미래를 볼 수 있다면) 우리도 자신 있게 말할 수 있을 겁니다. 우울과 불신은 어리석고 부질없으며, 그 무엇보다도 살아 있는 사람이 최고라고, 성장하는 사람이야말로 가장 훌륭하다고 말입니다.

정원 가꾸는 사람의 12월

그래요, 여러분 말씀이 맞아요. 이제 드디어 한 해가 끝났습니다. 지금까지 정원 가꾸는 사람은 괭이질하고, 삽질하고, 흙을 갈고, 토양을 뒤집고, 거름을 주고, 석회를 섞어 주었습니다. 흙에 토탄과 재와 숯가루를 뿌렸습니다. 꺾꽂이하고 씨 뿌리고 모종을 심고 또 옮겨 심고 나눠 심고 알뿌리를 땅에 묻고 겨울을 대비해 덩이줄기를 걷어 두었지요. 물을 주고 잔디를 깎고 잡초를 뽑고 잔가지를 엮어 화단을 덮어 주고 흙을 갈퀴로 긁어 폭 감싸 주었지요. 이 모든 일을 2월에서 12월 사이에 했는데, 정원이 눈에 덮인 지금에야 뭔가 깜박 잊은 게 있다는 걸 깨달았지 뭡니까. 정원을 바라보았어야 했는데요. 여러분도 아시다시피 지금까지는 그럴 시간이 전혀 없었습니다. 여름에 개화하는 용담을 보러 달려가다가도 발을 멈추고 잡초를 뽑았거든요. 만개한 델피늄의 아름다움을 만끽하고 싶었지만, 버팀목을 대어 줘야 한다는 생각이 드는 걸 어떡합니까. 과꽃이 피었을 때는, 달려가서 꽃에 줄 물 한 통을 길어 왔어요. 플록스가 피었을 때는 개밀을 뽑느라 정신이 없었고요. 장미가 만발했을 때는 곁가지를 칠 자리를 보고 곰팡이병을 퇴치해야 했지요. 국화가 벌어지기 시작했을 때는, 뿌리 근처에 뭉쳐 굳은 흙을 풀어 주려고 황급히 곡괭이를 가지러 달려갔습니다. 아니 달리 무슨 기대를 했나요? 언제나 뭔가 할 일이 있단 말입니다. 그런데 어떻게 호주머니에 손을 넣고 정원이 어떤 모습인지 그저 둘러볼 수가 있겠어요?

하지만 이제 다행히도 한 해가 모두 마무리되었습니다. 아직도 해야 할 일이 남아 있을지도 몰라요. 저기 뒤쪽은 흙이 납처럼 무겁군요. 그리고 이 센토레아는 어디 다른 곳으로 옮겨 심는 게 좋겠네요.

자, 그래도 진정하고 이제 마음의 평화를 찾도록 해요. 눈이 벌써 내리고 있네요. 정원 가꾸는 사람이 처음으로 자기 정원을 바라보았으니, 과연 무슨 말을 할지 한번 봅시다.

자, 여기 눈밭에서 삐져나와 있는 이 시커먼 것은 시든 비스카리아고, 여기 이 마른 꽃대는 파란매발톱꽃이에요. 저 쭈글쭈글한 잎사귀 뭉치는 아스틸베고, 어, 여기 봐요, 저쪽을 덮고 있는 게 온통 핑크스타랍니다. 그리고 여기, 아무것도 없어 보이는 이곳, 여기에 주황색 금매화가 있단 말입니다. 그리고 이쪽 눈더미는 디안투스라니까요. 암요, 디안투스가 분명해요! 그리고 저기 저 줄기는 아마 빨간 서양톱풀일 겁니다.
으으, 추워 죽겠군요! 겨울에도 내 정원을 내 마음대로 감상할 수가 없네요.

자, 그렇다면 실내 벽난로에 모닥불을 피웁시다. 정원은 깃털 이불 같은 눈을 덮고 잠들도록 두고요. 다른 생각을 좀 하는 것도 좋습니다. 책상 위에는 우리가 읽지 않은 책이 잔뜩 쌓여 있으니 그것부터 손대 볼까요. 우리에게는 다른 할 일과 걱정거리가 많이 있으니까, 일단 시작해 보는 겁니다. 하지만 우리 잔가지를 엮어서 꼼꼼하게 전부 잘 덮어 준 게 확실하지요? 트리토니아도 꽁꽁 잘 싸매 주었던가요? 플록바고를 깜박 잊고 안 덮어 준 건 아니겠지요? 칼미아는 나뭇가지를 대서 잘 보호해야 하는데. 진달래가 얼어 죽으면 어떻게 하지요? 아시아틱라넌큘러스에서 내년에 덩이줄기가 싹을 틔우지 않으면 어떻게 하죠? 그러면 대신 뭘 심어야 하나…… 잠깐…… 이런, 잠깐만요, 카탈로그를 좀 살펴봐야겠어요.

그래서 12월에는 주로 무수한 원예 카탈로그에서 정원을 만나게 됩니다. 정원 가꾸는 사람도 난방이 잘된 방의 유리창 밑에서 겨울잠을 잡니다. 잔가지나 퇴비 대신 원예 카탈로그와 잡지, 책과 팸플릿에 목까지 푹 파묻힌 채로. 이 책자들을 보다가 정원 가꾸는 사람은 새로운 사실을 마주합니다.

가장 귀하고 탐스럽고 어느 정원에나 반드시 갖춰야만 하는 식물은 하필 그의 정원에는 없다는 것.

지금 그의 수중에 있는 식물은 모두 연약하고 추위에 쉽게 얼어 죽는 것이 특징이랍니다. 게다가 알고 보니 수분이 필요한 식물과 과습을 주의해야 하는 식물을 그만 나란히 심어 버린 게 틀림없어요. 특별히 신경 써서 볕이 잘 드는 데 심은 식물은 음지 식물이었고, 굳이 그늘에 심은 식물은 볕을 많이 쬐어 주어야 했답니다.

당장 주목해야 할 신품종, 어떤 정원이라도 반드시 갖춰야만 할 화초, 아니 최소한 이제까지의 화초를 훌쩍 뛰어넘는 걸출한 품종이 세상에 370가지도 넘게 존재한다니요.

정원 가꾸는 사람은 이런 사실을 모두 알고 나서 12월을 몹시 우울하게 보냅니다. 처음에는 봄이 되어도 식물들이 올라오지 않으면 어쩌나 하고 덜컥 겁이 납니다. 서리나 곰팡이, 습기, 가뭄, 과한 햇빛, 부족한 햇빛에 죽었을까 봐 무서워져요. 그래서 정원 가꾸는 사람은 이 끔찍한 빈자리를 어떻게 채워야 하나 머리를 싸매고 고민합니다.

둘째, 몇 그루 죽지 않고 거의 다 살아남는다 해도, 방금 예순 쪽 분량의 책자에서 본 세상에서 가장 아름답고, 탐스럽고 풍성하게 꽃을 피우며, 완전히 새롭고 걸출한 품종들이 자기 정원에는 거의 없다는 생각이 드는 겁니다. 이 견딜 수 없는 여백만큼은 어서 어떻게든 채워야 합니다. 그래서 겨울잠을 사넌 정원 가꾸는 사람은 자기 정원에 없는 식물 생각에 온통 사로잡혀, 지금 정원에 있는 식물들을 까맣게 잊고 맙니다. 당연히 없는 것들이 있는 것보다 훨씬 많겠지요. 의욕에 불타 카탈로그들을 넘겨 보며 반드시 주문해야 할 것들에 표시합니다. 이제는 그의 정원에도 부족한 것이 없겠지요. 그러나 처음에 흥분한 나머지 반드시 주문해야 할 품목에 무려 490그루의 여러해살이를 넣어 버렸군요. 수를 세어 보고 나서 좀 풀이 죽어서, 찢어지도록 아픈 가슴을 안고 올해는 포기해야 하는 품종들을 지우기 시작합니다. 이 고통스러운 소거 과정을 적어도 다섯 번은 반복해야 합니다. 그러면 결국 112그루의 세상에서 가장 아름답고, 탐스럽고 풍성하게 꽃을 피우며, 완전히 새롭고 걸출한 품종만 남게 됩니다. 그래서 정원 가꾸는 사람은(앞으로 맛보게 될 기쁨을 고대하며) 당장 주문을 넣습니다. "3월이 시작되자마자 보내 주세요!" 아, 하나님, 벌써 3월이라면 얼마나 좋을까요! 그는 한껏 들떠서 조바심을 내며 생각합니다.

그러나 하나님은 그의 눈을 멀게 하셨습니다. 3월에 그는 정원에서 굉장히 힘들게 두세 군데 새로 식물을 심을 만한 자리를 찾아내지만, 그나마 전부 울타리 근처나 모과나무 뒤였습니다.

무엇보다 중요하지만 (보셨다시피) 상당히 성급한 겨울의 작업을 끝내고 나면 정원 가꾸는 사람은 필사적으로 권태와 싸우기 시작합니다. 모두 3월이 되어야 시작하니까요. 그래서 그는 3월이 될 날만 헤아리는데, 남아 있는 날들의 숫자가 너무 커서 가끔은 2월에 시작된다는 이유로 15일을 빼기로 합니다. 그래 봤자 아무 소용이 없지요, 무조건 기다려야 하니까요. 그래서 정원 가꾸는 사람은 다른 데, 이를테면 소파나 긴 의자나 카우치 같은 곳에 몸을 뉘고, 자연의 겨울잠을 흉내 내지요.

반 시간도 못 되어 누워 있던 그는 벌떡 일어납니다. 새로운 영감이 퍼뜩 떠올랐습니다. 꽃 화분 말입니다! 꽃은 화분에서 키울 수 있지 않나? 그러자 즉시 빽빽한 야자수, 라탄, 홍죽, 달개비, 아스파라거스, 군자란, 베고니아가 열대의 아름다움을 한껏 뽐내며 눈앞에 떠오릅니다. 그리고 당연히 그 가운데 억지로 끼어 들어간 프리뮬러, 히아신스, 시클라멘이 활짝 꽃을 피우겠지요. 복도에는 적도의 밀림을 재현해서 행잉 플랜트의 넝쿨이 계단에서 축축 흘러내릴 테고, 창문에는 화려하게 정신없이 꽃을 피우는 화분을 놓을 겁니다. 이제 그가 보는 풍경은 생활을 영위하는 실내가 아니라 앞으로 이곳에 창조할 낙원의 숲입니다. 그래서 당장 모퉁이의 농원에 달려가서 식물들을 한 아름 보물처럼 안고 집에 옵니다.

최대한 많은 화분을 들고 집에 온 그는 다음 사실을 마주합니다.

화분들을 한 군데에 다 같이 두니 적도의 밀림은커녕 작은 도자기 공방처럼 보인다.

창턱에는 화분을 둘 수 없다. 이 집의 여자들이 창문은 환기를 위해 존재한다고 선언했기 때문이다.

층세에노 화분을 둘 수 없다. 여자들이 지나다닐 때 흙이 묻어 더러워지고 물이 튀기 때문이다.

복도를 열대의 밀림으로 바꿀 수도 없다. 아무리 애타게 호소하고 욕을 퍼부어도, 여자들은 아랑곳없이 창문을 활짝 열어 얼음 같은 바깥 공기를 통하게 하겠다고 고집을 피운다.

그래서 정원 가꾸는 사람은 보물들을 지하실로 가지고 갑니다. 적어도 그곳에서는 식물들이 얼어 죽는 사태는 없을 거라고 자기 마음을 달래면서요. 하지만 봄이 오면, 바깥의 따뜻한 흙을 쑤셔 보느라 이 화분들은 까맣게 잊어버릴 겁니다. 그러나 이런 경험에도 불구하고, 다음에 또 12월이 되면 정원 가꾸는 사람은 집 안을 겨울 정원으로 바꿀 화분을 또 사러 나가겠죠. 그 속에서 자연의 영원한 생명을 볼 수 있거든요.

정원 가꾸는 삶

　시간이 장미를 피운다는 말이 있습니다. 어떤 의미에서 사실입니다. 대개는 장미를 보려면 6월이나 7월까지 기다려야 하지요. 그리고 장미가 자라려면, 삼 년 정도면 꽤 그럴싸하게 잎이 무성해집니다. 차라리 세월이 오크를 키운다거나, 세월이 자작나무를 키운다고 해야 할 것입니다. 언젠가 자작나무 몇 그루를 심을 때는 "여기엔 자작나무 숲이 생길 테고, 이쪽 구석에는 튼실한 오크 고목이 떡 하니 자라날 거야."라고 말했었지요. 그리고 작은 오크 묘목도 한 그루 심었는데, 이 년이 지난 지금도 튼실한 오크 고목은 찾아볼 수 없고 자작나무들도 요정이 와서 춤추는 백 살짜리 숲이 되려면 멀었습니다. 물론 아직 몇 년 더 기다려야겠지요. 우리 정원 가꾸는 사람들은 참을성 하나만큼은 대단하거든요. 우리 잔디밭에는 내 덩치만큼 큰 레바논삼나무가 한 그루 있습니다. 전문가들에 따르면 삼나무는 90미터 높이에 15미터 너비까지 자란다더군요. 글쎄요, 나도 삼나무가 정해진 높이와 너비에 달하는 걸 꼭 보고 싶습니다. 건강하게 오래 살아서 내 노동의 결실을 봐야 억울하지 않잖아요. 일단 지금까지는 넉넉히 잡아도 25 센티미터 자랐습니다. 뭐, 기다리면 되겠지요.

작은 잔디 풀을 예로 들어 볼까요. 제비가 물어가지 않게 씨를 잘 뿌리면 이 주면 삐죽삐죽 돋아나서 육 주면 깎아야 할 정도로 자랍니다. 그러나 아직 영국식 잔디밭이 되려면 멀었지요. 나는 영국식 잔디밭을 가꾸는 훌륭한 제조법을 알고 있습니다. 우스터소스 제조법처럼 영국 전원 저택의 신사에게서 나온 거죠. 미국인 백만장자가 그 신사에게 물었습니다. "저렇게 완벽하고, 고르고, 평탄하고, 싱싱하고, 시들 줄 모르는, 그러니까 한마디로 영국식 잔디밭을 가꾸는 비결이 대체 뭡니까? 가르쳐 준다면 원하는 건 뭐든지 드리겠습니다." 그러자 영국 신사는 말했습니다. "아주 간단합니다. 흙을 깊숙하게 아주 잘 일구어야 하고, 비옥하고 바람이 잘 통하게 만들어야 합니다. 흙은 시큼해서도 끈적거려서도 안 되고 무거워서도 가벼워서도 안 됩니다. 테이블처럼 판판하게 평탄화 작업을 해 줘야 합니다. 그리고 씨를 뿌린 후 롤러로 땅을 잘 밀어 주십시오. 매일 물을 주고 잔디가 자라면 매주 끝없이 잔디를 깎아야 합니다. 잘린 잔디를 빗자루로 쓸어 모으고 잔디밭을 롤러로 또 밀어 줍니다. 급수해 주고 스프링클러로 물을 뿌려 주고 촉촉하게 적셔 주고 하면서 날마다 물을 뿌려 주고요. 300년 동안 이렇게 하시면 우리 집 같은 잔디밭을 갖게 되실 겁니다."

여기에 한마디 덧붙이자면, 정원을 가꾸는 우리는 누구나 모든 종류의 장미를 새순, 꽃, 줄기, 잎, 모든 면에서 실제로 경험하길 원하고 또 꼭 그래야만 합니다. 온갖 종류의 튤립, 백합, 붓꽃, 델피늄, 카네이션, 캄파눌라, 아스틸베, 바이올렛, 플록스, 국화, 달리아, 글라디올러스, 피오니, 과꽃, 프리뮬러, 아네모네, 매발톱꽃, 범의귀, 용담, 해바라기, 산옥잠화, 양귀비, 양미역취, 라넌큘러스, 베로니카를 모조리 가꿔 봐야 직성이 풀리지요. 각자 제일 아름답고 빼놓을 수 없는 품종, 변종, 교배종이 적어도 수십 가지는 될 텐데요. 여기다 변종이 세 가지에서 열 가지 정도밖에 안 되는 수백 가지 종과 속을 덧붙여야 하고요. 그리고 고산 식물, 습지 식물, 알뿌리 식물, 헤더와 고사리와 음지 식물, 나무와 상록수에도 특별한 관심을 기울여야 합니다. 이걸 다 하려면, 아주 적게 잡아도 1100년은 살아야 해요. 정원 가꾸는 사람은 자기만의 정원을 시험하고, 배워서 알고, 온전히 감상하기 위해서 1100년 세월이 필요합니다. 아무래도 그보다 줄일 수는 없겠군요. 하지만 여러분을 위해서라면 5퍼센트 깎아 드리겠습니다. 보람찬 일이긴 하지만 여러분은 이 모든 걸 굳이 다 할 필요는 없을지 모르겠네요. 그래도 필요한 일을 다 해내려면 어서 서둘러서 하루도 낭비해서는 안 됩니다. 시작한 일은 반드시 마무리 지어야지요. 그게 여러분의 정원에 대한 최소한의 의무니까요. 여러분이 직접 끈질기게 겪으며 알아 나가야 하니까 내가 미리 처방을 내려 드리진 않을 거예요.

우리 정원을 가꾸는 사람들은 어쩐지 미래를 위해서 사는 것 같아요. 장미가 개화하면 이듬해엔 더 아름다운 꽃이 피겠다는 기대를 하지요. 몇 년 지나면 이 조그만 가문비나무 묘목이 어엿한 나무로 자랄 거라는 생각에, 그 몇 년이 빨리 지나

가기만 바란답니다. 나는 이 자작나무가 오십 년 후에 어떤 모습으로 자라 있을지 너무나 궁금해요.

가장 옳고 가장 좋은 것이 우리 앞에 놓여 있습니다. 한 해 한 해 흘러가는 세월 따라 나무는 성숙함과 아름다움을 더할 거예요. 한 해가 지나면 성큼 저 앞으로 나아갈 수 있다니, 정말 얼마나 감사한 일입니까!

속절없이 허물어지는 세계에서
정원을 가꾸는 마음

이 안쓰럽고 우스꽝스러운 아마추어 정원 애호가의 고군 분투 경험담은 물론 그 자체로도 비길 데 없는 기쁨이다. 경험에서 우러나온 세부 묘사, 풍자와 해학이 식물을 향한 심오한 애정과 어우러져, 정원 애호가라면 시절과 국경을 초월해 공감할 수밖에 없고, 심지어 문외한이라도 뜨겁고 무해한 열정에 감화될 수밖에 없는, 불가항력의 인간적 매력을 뿜어내는 탓이다. 덕후의 맹목적 애정은 감염성이 높고 몰입의 힘은 치유력이 높다.

다만 이 글에서는, 이 소소하고 평화로운 일상의 기록이, 사실 얼마나 엄중하고 치열하고 또 무서운 현실 속에서 쓰였는지만 새삼스럽게 짚어 보려 한다. 카렐 차페크가 알고 사랑하던 세상은 일평생 차근차근 허물어졌기 때문이다. 말하자면 차페크는 "내일 세상이 종말을 맞더라도 사과나무를 심겠다."라는 스피노자의 유명한 금언을 삶과 글로써 실천한 작가였다.

카렐 차페크의 청소년기는 평화롭고 평범했다. 비장한 연애담도 없고 찢어지게 가난하지도 않았다. 부유한 의사의 막내로 태어나 지적인 형제자매의 사랑을 받으며 부침 없이 자라나 명문 대학에서 철학과 미학을 공부했고, 소위 "예술가들의 성배"를 찾으러 간다며 파리로 떠나 보헤미안과 한담을 즐기던 그저 흔한 유럽의 청년 지식인이었다. 그러나 세계적이고 개인적인 차원에서 두 가지 대재앙이 일어나 차페크가 아는 세상은 영원히 사라진다. 1914년 1차 세계 대전이 발발했고, 이즈음 청년 차페크는 강직성 척추염 진단을 받아 평생 불구나 다름없는 몸이 되었기 때문이다.

1차 세계 대전을 통해 인류는 상상도 못 했던 차원의 잔인한 대량 학살을 목도했다. 대참사의 논리적 이유를 아무도 찾아낼 수 없었기에 충격과 후유증은 더욱 컸다. 유럽의 경제적 번영을 가능케 한 과학 기술의 진보는 고스란히 업보로 돌아왔다. 폭탄, 독가스, 기관총, 폭격기, 탱크의 무자비한 메커니즘으로 사람의 목숨이 벌레 목숨처럼 하찮게 날아갔다. 과학적 발전으로 '나은' 삶을 보장하는 문명이 가능하다는 환상은 폐기 처분 되었다. 부조리한 살육 현장에서 '삶'의 가치는 어느 때보다 초라하고 무기력했다. 그러나 청년 카렐은 참전할 수 없었다. 파릇했던 청년의 육신을 마비시키는 희귀병에 걸렸기 때문이다. 강직성 척추염은 10대 후반에서 20대 초반의 젊은 남자에게서 발병하는 류머티스 질환으로 척추를 중심으로 석화가 진행되고 극심한 만성 통증을 유발한다. 너무 이른 나이에 삶의 조건으로 고착된 이 끔찍한 통증은 차페크에게 인간 육신의 유한함과 무력함의 상징일 뿐 아니라 일생의 사랑을 가로막은 장벽이기도 했다.

한 세계가 종말을 맞고 젊은 육신은 불구가 되었다. 그러나 참사와 고통 뒤에 미약하나마 희망이 남았다. 1차 세계 대전은 번영 유럽의 종언을 선언했으나, 한편으로 헝가리 오스트리아 제국의 압제에 종지부를 찍고 체코에 역사상 초유의, 그러나 불안하고 허약한 자유민주주의 정권을 선사했다. 불구가 된 육체는 청년 차페크에게 소소한 일상의 절실한 가치를 알려 주고, 고통 속의 인간들을 연민하는 마음을 가르쳐 주었다. 무엇보다 차페크는 이 희미한 희망에 물을 주고 가꿀 줄 아는 강인한 인간이었다. 작가로서 또 인간으로서 차페크의 위대함은 고통과 재앙을 맞는 영웅적인 태도를 통해 만개하기 시작한다. 대전이 끝나고 강직성 척추염이 기승을 부리던 사 년간, 차페크는 어느 때보다 왕성한 집필 활동을 했다. 정치 기자로서 촌철살인의 칼럼을 기고하는 일을 본업으로 삼고, 한편으로 문학의 창작을 게을리하지 않았다.

이 시절 차페크의 걸작들은 대부분 연극 공연을 위한 대본이다. 크랄로프스케비노흐라디 극장의 고문 겸 상주 극작가 역할도 겸직했기 때문이다. 이때 차페크는 여배우이자 미래의 배우자인 올가와 처음 만난다. 올가에게 보낸 열렬한 연애편지들을 살펴보면, 지병으로 인한 통증이 두 사람 사이를 가로막는 가장 큰 걸림돌이었던 것 같다. 올가에 대한 사랑으로 차페크는 뜨거운 문학적 영감뿐 아니라 부단한 욕망의 좌절을 겪었다. 로봇이라는 단어의 어원으로 유명한 『R.U.R.』과

오페라로도 각색된『마크로풀로스의 비밀』, 그리고『곤충 극장』이 바로 이 당시 선보인 차페크의 대표작들이다. 위트 넘치고 낙천적인 차페크의 글결을 보면 프란츠 카프카와 같은 시대 같은 나라에 살았다는 사실을 믿기 힘들다. 그러나 아픔과 좌절, 현실의 부조리에 대한 인식이라면 차페크도 카프카만큼이나 통렬하게 떠안고 있었다. 특히『곤충 극장』을 읽어 보면, 사람이 벌레나 다름없다는 생각이 그 시절 체코에서 유달리 강력한 유비였다는 심증을 갖게 된다.

　다만 차페크는 카프카와 달리 이러한 부조리 속에서 '그럼에도 불구하고' 평범한 '사람'들의 평범한 삶이 찬란히 불타고 삶을 끝맺는 하루살이의 아름다움처럼 휘발성이라는 사실 그 자체에서 애써 의미를 찾는다. 금세 사그라지는 것, 힘없이 짓밟히고 피 흘리는 것, 너무나 짧고 어리석은 삶, 이 유한성과 한계가 사람은 물론 살아 있는 모든 것을 흥미롭고 신비스럽게 만든다. 영국 소설가 니콜라스 셰익스피어는 "차페크의 서정성에는, 너무 깊이 삼켜 목멘 숨결처럼, 박탈당하고 위기에 처한 존재의 슬픔이 배어 있다."라고 말했다. 화려한 불멸의 유혹을 뿌리치고 평범한 삶의 휘발적 아름다움을 찬미하기, 이는『마크로풀로스의 비밀』같은 대작뿐 아니라 기자로서 매일 쓰던 칼럼 속에서도 차페크가 항상 주목하고 돌아보던 주제다. 산문집『사람을 믿기를』에서 차페크는 꽃, 개, 고양이는 물론 새해 결심이나 치통까지도 "진짜로 존재하기 때문에" 호기심을 가지고 살펴보아 마땅하다고 피력했다. 그렇기에『정원 가꾸는 사람의 열두 달』과 이번에 함께 출간되는『개를 키웠다 그리고 고양이도』에서 스며 나오는, 반려식물과 반려동물에 대한 따뜻한 진심과 애정은 이처럼 생명의 가치가 위기를 맞았던 험난한 시대, 짓밟혀도 꺾이지 않은 휴머니즘에서 태동한 박애주의를 딛고 양차 대전의 틈새에 위태롭게 피어난 꽃이다.

그러나 평범한 일상의 평화는 그리 오래가지 않았다. 정원을 가꾸고 이웃과 다투는 평범한 일상은 파시즘과 세계 대전의 먹구름에 다시 한번 휩싸였다. 카렐 차페크는 체코를 점령한 독일의 게슈타포가 '공공의 적'인 그를 체포하러 달려오기 석 달 전, 2차 세계 대전이 공식적으로 발발하기 직전인 1938년 성탄절에 인플루엔자 후유증으로 세상을 떠났다. 짧았던 독립 체코 민주주의의 꿈도 그의 죽음과 함께 막을 내렸다. 덧없기에 더욱 아름답고 영원한, 모순투성이 생명의 '의미'를 뒤에 남기고.

덧붙이는 말.
영어로 Gardener는 그간 '정원사', '원예가', '정원가' 등 다양한 역어로 옮겨진 바 있다. 다만 이 책에서는 정성껏 반려 식물을 돌보는 모든 평범한 사람들에 초점을 맞춰 '정원 가꾸는 사람'이라고 풀어 쓰기로 했다.

2021년 11월
김선형

작가 연보

1890년   오스트리아 헝가리 제국 보헤미아의 말레 스바
             토뇨비체에서 출생. 의사 안토닌 차페크Antonin
             Čapek와 가정주부 보제나 차프코바Božena
             Čapková의 막내로 태어남. 형 요세프Josef와 누나
             헬레나Helena는 훗날 각기 화가와 작가로 명성
             을 날리게 되며 평생에 걸쳐 동생 카렐에게 영
             혼의 동반자가 되어 줌.

1895~1900년(5~10세) 아버지가 병원을 개업하고 있던 우피체에
             서 초등학교를 다님. 1890년 차페크의 언어와 사
             회사상에 큰 영향을 끼친 할머니와 함께 살게 됨.

1901년(11세) 대도시에서 교육받기 위해 동부 보헤미아의 주
             도 흐라데츠크랄로베로 할머니와 함께 이사해
             중고등학교 이 년을 보냄.

1905년(15세) 불법 학생 단체에 가입했다는 이유로 고등학교
             에서 퇴학당함. 결혼한 누나 헬레나가 살던 브
             르노로 이주해 학업 지속.

1907~1909년(17~19세) 부모님과 프라하로 이주. 명문 아카데

	미김나지움에서 이 년간 공부하고 전 과목 A 성 적으로 졸업.
1909년(19세)	9월에는 형 요세프와 뮌헨을 여행함. 박물관, 대 학 등 문화유산에 깊은 감명을 받음. 10월에는 중부 유럽에서 가장 오래된 대학인 프 라하의 카렐대학교 철학과에 입학.
1910년(20세)	독일 베를린의 프리드리히빌헬름대학에서 2학 년 과정을 수강.
1911년(21세)	대학 3학년 1학기는 카렐대학에서, 2학기는 프 랑스 파리의 소르본대학에서 수학. 학기를 마친 후 프랑스를 여행한 후 다시 체코로 돌아와 삼 년간 학업에 매진함.
1914년(24세)	세르비아 황태자 부부 암살 사건을 계기로 1차 세계 대전 발발. 대량 학살 무기와 화학전 등 문 명의 이기가 총동원된 잔인한 전쟁은 서구 지식 인들로 하여금 세계와 인류의 미래에 대한 깊은 우려와 인간성에 대한 전반적 회의를 품게 함. 애국자였던 카렐 차페크의 입장에서는 체코 독 립 공화국을 가능하게 해 준 역사적인 분수령이 됨. 새로 수립된 체코 민주 공화국에서 카렐 차 페크는 문화적 선각자로 큰 역할을 담당하게 됨.
1915년(25세)	에드바르트 베네시Edvard Beneš 박사(훗날 2대 체코 대통령)를 사사하며 실용주의를 수용함. 철학 석사 학위를 받음. 허리 이상을 진단받아 1차 세계 대전 징집에서 면제됨. 이때부터 만성 척추 통증은 평생의 짐이 됨.
1916년(26세)	산문집 『빛나는 심연 외Zářivé hlubiny a jiné prózy』

출간, 요세프 차페크와 공저.

1917년(27세) 『그리스도의 십자가Boží muka』출간. 잡지《나로 드Narod》의 편집진에 합류하면서, 라자니Lažany 백작의 아들 프로코프 라잔스키Prokop Lažanský 의 가정 교사 일을 시작. 그러나 머지않아 일 을 그만두고 형 요세프와 함께《나로드니 리스 티Národní listy》의 문화부 편집자로 취직함. 형제 는 동시에 풍자 주간 잡지《네보이샤Nebojša》창 간에도 관여함.

1918년(28세) 미국 실용주의를 소개하는『실용주의: 실용 적 삶의 철학Pragmatismus čili Filosofie praktického života』,『크라코노시의 정원Krakonošova zahrada』 (요세프 차페크와 공저) 출간.

1919년(29세) 프랑스 시인 G. 아폴리네르의 시집『변두리 Zone』번역 출간.

1920년(30세) 여배우이자 미래의 배우자가 될 올가 스헤인플 룽고바Olga Scheinpflungova와 친분을 맺음. 우파 《나로드니 리스티》의 정치적 노선에 반발, 차 페크 형제를 비롯한 몇몇 편집자들이 자발적으 로 집단 퇴사함. 차페크는 첫 주요 작품인 희곡 「R.U.R(Rossumovi Universální Roboti)」발표. 이 작 품을 계기로 신조어 '로봇robot'이 세계적으로 널리 쓰임. 이는 '농노의 강제 노동'을 뜻하는 로 보타robota에서 착안해 만든 말로, 카렐이 아니 라 형인 요세프가 만들어 낸 단어임. 카렐 차페 크는『옥스퍼드 영어 사전』의 어원 담당자에게 짤막한 서신을 보내 요세프가 신조어를 만든 장

본인이라고 직접 보고함. 희극 「강도Loupežník」
발표.

1921년(31세)   단편집 『고통스러운 이야기들Trapné povídky』 출
간. 요세프와 창작한 희곡 「곤충 희곡Ze života
hmyzu」 발표. 형제가 함께 좌익 언론이자 훗날
체코 최고의 유력 일간지로 성장하는 《리도베
노비니Lidové noviny》에서 훨씬 더 좋은 조건으
로 편집자 제안을 받음. 카렐 차페크는 극장 크
랄로프스케비노흐라디에서도 고문 겸 상주 극
작가로 일함. 장래의 배우자 올가는 이 극장에
서 연기자로 활동하고 있었음.

1922년(32세)   희곡 「사랑이라는 숙명적 게임Lásky hra osudná」
발표(요세프 차페크와 공저). 소설 『절대성의
공장Továrna na absolutno』, 『마크로풀로스의 비
밀Věc Makropulos』 출간. 당시의 체코 대통령 토
마시 가리구에 마사리크Tomáš Garrigue Masaryk
와 처음 만남. 차페크는 이내 마사리크와 친구
가 되었고, 훗날 마사리크를 인터뷰함. 작가와
애국적 정치가의 특별한 관계는 훗날 바츨라
프 하벨Václav Havel(체코의 대통령이자 극작가)
에게 영감을 줌. 한편 체코 국립극장의 배우 재
고용 사건에 항의하는 뜻으로 극장 고문직에서
사임할 의사를 표명하나 사태가 잘 해결됨. 새
로 이사한 차페크의 널찍한 아파트에서 금요일
마다 다양한 견해를 표방하는 지식인들이 회합
을 시작함. 빌라의 가든파티로 발전한 '금요 체
코 애국자 회합'은 차페크가 세상을 뜰 때까지

계속됨.

1923년(33세) 극장 고문직을 사임하고 지병인 척추 질병을 치료하기 위해 이탈리아로 여행을 떠남. 서한집 『이탈리아에서 보낸 편지들Italské listy』 출간.

1924년(34세) 모친 별세. 펜클럽 총회와 대영 제국 박람회 건으로 두 차례 영국을 방문. 대영 제국 박람회에서 현대 문명과 대량 생산 체제에 대한 우려를 표명함. 장편소설 『크라카티트Krakatit』, 서한집 『영국에서 보낸 편지들Anglické listy』 출간.

1925년(35세) 『연극은 어떻게 제작되는가Jak vzniká divadelní hra a průvodce zákulisím』 출간. 체코슬로바키아 펜클럽 결성을 위한 준비 회합을 창립함. 체코 대통령 관저인 프라하 궁으로 마사리크 대통령을 방문함. 2월 체코슬로바키아 펜클럽 회장으로 추대됨. 체코 과학아카데미의 회원 자격을 얻었으나 더 중요한 작가가 차지해야 할 자리라면서 곧 사임. 입체파 화가로 명망을 얻은 형 요세프와 함께 전국노동자정당에 가입해 의회 의석에 도전하지만 실패함. 정당 자체가 몇 년 후에 와해됨.

1926년(36세) 다양한 선언문 작성에 적극적으로 참여함. 슬로바키아 토폴치안키Topoľčianky의 대통령 별장에서 여름 휴가를 보냄. 신년 전야 파티에서 체코의 정치 상황을 풍자하는 연극을 상연함. 이로 인해 일부 언론의 미움을 삼.

1927년(37세) 펜클럽 회장직 사임 의사를 밝혔으나 회원들의 압력으로 유임. 일부 언론에서 차페크의 명성을 흠집 내고자 비방성 기사를 게재함. 차페크 측에서는 명예훼손으로 언론사를 고소함. 작가협회의 일원으로 파리 여행을 하는 도중 프랑스 지식인들과 친분을 쌓음. 형 요세프와 함께 연극「창조자 아담Adam Stvořitel」으로 체코 내셔널 어워드 연극 부문 수상.

1928년(38세) 마사리크 대통령과의 인터뷰를 정리해 대담집 1권『T. G. 마사리크와의 대화: 젊음의 시대 Hovory s T. G. Masarykem 1. díl Věk mladost』를 출간. 깊이 있는 정치, 종교, 철학적 토의가 이어지는 대화가 여러 편 실려 있음.

1929년(39세) 2부작 추리 소설『한쪽 호주머니 이야기 Povídky z jedné kapsy』,『다른 쪽 호주머니 이야기Povídky z druhé kapsy』와 정원 가꾸기에 대한 에세이『정원 가꾸는 사람의 열두 달 Zahradníkův rok』출간. 2년 전 차페크가 고소한 언론사 편집자에게 보상금을 지급하고 정정 보도를 하라는 판결이 내려짐. 4월 부친 별세. 10월 올가와 함께 스페인을 여행함.

1930년(40세) 여행기『스페인 여행Výlet do Španěl』출간. 체코 국립극장 상임 위원으로 추대됨.

1931년(41세) UN의 전신인 국제연맹의 문학예술위원회 위원으로 추대됨. 체코 펜클럽 회장에 재선됨. 동화『아홉 편의 동화: 그리고 또 하나의 이야기 Devatero pohádek a ještě jedna od Josefa Čapka jako přívažek』,『마르시아스: 혹은 문학의 언저리에서 Marsyas čili na okraj literatury』, 마사리크 대통령과의 인터뷰 2권인 『T. G. 마사리크와의 대화: 인고의 세월Hovory s T. G. Masarykem 2. díl Život a práce』 출간.

1932년(42세) 여행기 『네덜란드 풍경Obrázky z Holandska』 출간. 출판사 아벤티움을 떠나 관록 있는 출판사 프란티셰크보로니로 이적. 이 출판사에 거액을 투자함.

1933년(43세) 동화 『다셴카: 어느 강아지의 일대기Dášenka čili život štěněte』와 소설 『호르두발Hordubal』 출간. 문화지에서 비평의 본질과 기능에 대한 열띤 논쟁을 주도함. 펜클럽 회장직에서 물러남.

1934년(44세) 『호르두발』과 더불어 소설 3부작에 해당하는 『별똥별Povětroň』, 『평범한 인생Obyčejný život』, 마사리크 대통령과의 인터뷰 3권인 『T. G. 마사리크와 함께 침묵하기Hovory s T. G. Masarykem 3. díl Myšlení a život』 출간. 경제 위기로 고통받는 어린이들을 위한 서명 운동과 조직적인 나치스 선동에 반대하는 서명 운동을 주도함.

1935년(45세) 세계 펜클럽 상임 회장 허버트 조지 웰스가 차페크를 세계 펜클럽 회장 후보로 추대하나 차페크는 거절함. 올가와 결혼.

1936년(46세) 소설 『도롱뇽과의 전쟁Válka s mloky』 출간. 부다페스트에서 열린 국제연맹 주최 심포지엄에 참가함. 아내와 함께 덴마크, 노르웨이, 스웨덴을 여행한 후 『북유럽 여행기Cesta na Sever』 출간. 『프랑스 시 선집Francouzská poezie』을 번역함. 노르웨이 언론이 차페크를 노벨 문학상 주요 후보로 낙점함.

1937년(47세)	희곡 「하얀 흑사병Bílá nemoc」, 소설 『최초의 구조대První parta』 출간. 새 대통령으로 취임한 에드바르트 베네시를 방문함. 파리 펜클럽 총회에 특별 초대 손님으로 참가함. 10월 서거한 전 대통령 마사리크의 장례식에 참석함.
1938년(48세)	희곡 「어머니Matka」 발표. 히틀러 치하 나치스의 급속한 세력 확장과 오스트리아 점령으로 국제 정세가 격동함. 프랑스와 영국 등 강대국들이 개입한 뮌헨 조약으로 체코 국경 지대가 독일령이 됨. 독일은 국경 지대에 만족하지 않고 1939년 끝내 체코를 침략하고 폴란드로 진군하여 2차 세계 대전이 발발함. 1938년 차페크는 체코의 국민적 자구 노력의 구심점에 서서 동맹국들을 설득하려 최선을 다함. 프라하 세계펜클럽 총회에서 독일의 임박한 침략을 경고하고 체코슬로바키아 작가들의 탄원서를 작성했고, 9월에는 프랑스와 영국의 방관으로 일어난 사태를 국민들에게 설명하는 정부 성명을 작성했으며, 세계의 양심을 촉구하는 체코 작가 성명서를 집필함. 암울한 전망이 드리우던 11월 영국 망명 제안이 들어오지만, 나치스 점령 후 누구보다 먼저 체포될 줄 알면서도(게슈타포가 '공공의 적'으로 지목함.) 체코에 머무름. 1938년 12월 25일 저녁 인플루엔자 합병증으로 사망함. 비셰흐라트 공동묘지에 묻힘. 평생의 동지였던 형 요세프 차페크는 베르겐벨젠 강제 수용

소로 끌려가 1945년 4월 사망.

이하는 사후 미로슬라프 할리크Miroslav Halík라는 가명으로 출간된 작품들의 목록이다.

1939년	『속임수Život a dílo skladatele Foltýna』(미완성)
	『개를 키웠다 그리고 고양이도 Měl jsem psa a kočku』
1940년	『달력Kalendář』, 『사람들로부터O lidech』
1945년	『출처가 불분명한 이야기들 Kniha apokryfů』
1946년	『우화 포드포비드키Bajky a podpovídky』
	『정열의 춤Vzrušené tance』
1947년	『봄과 다프네Ratolest a vavřín』
1953년	『집에서 찍은 사진Obrázky z domova』
1957년	『우리에 관한 것들Věci kolem nás』
	『청년기Juvenilie』
	『수도원의 기둥Sloupkový ambit』
1959년	『생성에 관한 의견Poznámky o tvorbě』
1966년	『해안의 나날들Na břehu dnů』
1968년	『극장과 그의 적Divadelníkem proti své vůli』
1969년	『TGM을 읽는다Čtení o TGM』
	『감금된 단어V zajetí slov』
1970년	『요나단의 땅Místo pro Jonathana』
	『푸들렌카Pudlenka』
1974년	『Listy Olze』
1975년	『테이블 아래서 부서지는 시간Drobty pod stolem doby』

옮긴이
김선형

서울대학교 영어영문학과를 졸업하고 같은 대학원에서 박사학위를 받았다. 2010년 유영번역상을 받았다. 옮긴 책으로 『도롱뇽과의 전쟁』, 『은하수를 여행하는 히치하이커를 위한 안내서』, 『시녀 이야기』, 『증언들』 등이 있다.

정원 가꾸는
사람의 열두 달

1판 1쇄 펴냄 2021년 12월 10일
1판 2쇄 펴냄 2024년 3월 11일

지은이 카렐 차페크
옮긴이 김선형
발행인 박근섭, 박상준
펴낸곳 (주)민음사

출판등록 1966. 5. 19. 제16-490호
서울특별시 강남구 도산대로1길 62(신사동)
강남출판문화센터 5층 06027
대표전화 02-515-2000 팩시밀리 02-515-2007
www.minumsa.com

ISBN 978 89 374 2981 1 04800
ISBN 978 89 374 2900 2 (세트)

* 잘못 만들어진 책은 구입처에서 교환해 드립니다.